セノ・グミラ・アジダルマ短篇集

アジアの現代文学⑱［インドネシア］

柏村彰夫・森山幹弘 訳

めこん

序言　可能性と確実性

賢明なる読者へ

本書に収められた短篇小説の書かれた日付を見直してみると、最初のものが一九八一年、最後が二〇〇六年、つまり二五年にわたっている。この間、短篇小説作家として、実のところ、私は何を行ってきたのだろうか。

この間、私は短篇小説だけを書いてきたわけではない。常に随筆を書こうと努めてきたし、定期的に映画評論を書いたこともあり、長篇小説、戯曲、映画のシナリオなども書いてきたからだ。またジャーナリストとして記事を、ただし普通の記事を書いたことはほとんどなく、特集（フィーチャー）記事を書いてきた。特集記事とは、語りのテクニックを駆使した報道的なレポートであり、従って情報だけでなく、その情報を伝える方法も工夫しなければならなかった。また、いくら長い特集記事であろうと、例えば雑誌の記事であれば、小説ほど長くするわけにはいかず、したがって報道記事を書く場合、短い「物語」（短篇小説）を書くのと同じアプローチになる。

自分自身を分析することは無論不可能だが、特集記事と短篇小説の両方を同時期に書いている場合、双方が互いに影響し合うのではないかと思っている。特に次のことを想起するとそう思うのである。しばしば特集記事を書く仕事を引き受けてきたが、その場合、ヒューマン・インタレストとエンタテインメントの要素を強調することがあり、そのような強調を可能とする表現方法が必要となってくる。それで、特集記事の執筆において短篇小説を書くためのテクニックの使用の可能性が出てくる。一方で短篇小説の執筆に際して、読んでいる物語が本当に起こったことだと読者に思いこませるようにするか否かという選択肢を私は持っている。

自分で気付かないまま、私自身の中にこの二つのジャンルの、一見似てはいるがそこで問われているものは明らかに異なる二つのジャンルの共生関係が生じている可能性がある。報道に対して読者が望むものは確実性だとするならば、文学には可能性を望むのだと言えるだろう。したがって、私が自覚しているものに対して正直にあろうとするなら、次のように言える。二つの形式を区別することを私は心から願っていると。特集記事は特集記事として、語られた事実を読者が信用できる場として。短篇小説は短篇小説として、可能性がどこまで到達できるかを読者が試せる場として。

本書において時代順に並べられた作品を振り返ると、可能性と呼ばれるものがフィクションの世界において私が重視している語りを常に形作っており、またノンフィクションの世界における確実性の語りも排除されず遊びの部分として使われてきたことが見て取れる。このように短篇作家としての私は、二つの語りの間の綱引きの中に居り、その結果、フィクションの極点にある短篇を書けたと思えることもあったし、ある事実の確実性を確信させるような極点にある短篇を書いたと感じたことも稀ではなかった。ひいては、可能性の語りと確実性の語りの格闘あるいは融合と呼べるような短篇小説も存在するのである。

さて、本書の作品を通じてインドネシアを知ろうとされているであろう賢明なる日本の読者の皆様方。私の作品はインドネシアの背景知識を得るのに相応しいのかもしれないが、物語として読もうと思われるならば、そんなことは全くもって無視して構わないだろう。これらの作品は単なる物語りに他ならない。しかし正直に言うと、物語りに関して、私自身インドネシア語や英語に翻訳された川端康成、谷崎潤一郎、三島由紀夫などの近代日本文学の作品から多くのものを学んできたのである。

ということで、とりわけ文化の関係性の有様と、それのささやかな記録としての「京都モノガタリ」を賢明なる日本の読者に対して捧げたいと思う。この作品において、一九八六年に次ぐ一九九九年の二回目の訪日時に得た「日本的なるもの」を理解し、表現しようと試みた。私の良き友人であり専門家である二人の翻訳者、森山幹弘氏と柏村彰夫氏に対し、大いなる賞賛と感謝の意を表する。

セノ・グミラ・アジダルマ

二〇一一年八月一一日二三時二五分　カンプン・ウタン

セノ・グミラ・アジダルマ短篇集■目次

1　川を行く歌

Nyanyian Sepanjang Sungai（著作リスト1に収載）森山幹弘訳

セノの初期の短篇には、放浪、漂泊をモチーフにしたものが多い。この作品は、その代表例。初めて出版された短篇集の冒頭に収載されたもの。彼の主たるテーマの一つである他者との関わりの難しさも本作品で既に描かれている。最終部分の主人公の心境は諦念とも覚悟とも言えるが、ある種の明るさが感じられる。なお、セノには実際にカリマンタンを旅した経験がある。

夜が森のうしろで明けていった。僕はまだ眠かったが、腹を空かした竜のように唸り声を上げる船外機を装備した船のすだれを通して夜明けを見ていた。旅はまだ終わらない。いつ僕はテンガロン[*1]を発ったのだったか。クリンジャウ川は、森の中を蛇行し、森は所々で伐採されて山のように積み上げられた材木と化していた。もう丸一日、僕はこの船の中でごろごろしていた。すぐにムアラ・アンチャロンに着くんだと思っていた。僕は日記に書いた。「旅とは、自らの心の中を探検するに似ている」と。僕のそんな思いは風の吹くままどこかへ吹き飛ばされ消えてしまう。僕はジャカルタのことを考えていた。通りに連なる色とりどりのネオンや、ナイトクラブでディスコ・ダンスを踊りながら陽気に笑うホステスたちのことを思い出していた。

大きなくちばしのサイチョウが、羽をはばたかせて川を渡っていく。ちょうどその時、この船の操舵士の妻のスレニが、蚊帳の裏から顔を覗かせた。

「今、どこなの」

「セニウールを過ぎたとこだ」

夫のザエラニが、足で舵を操りながら答えた。霧がまだ、川の上にも川岸にもかかっていたが、一人、二人、もう水浴びに来ていた。僕は船のへりから手を伸ばし水をすくって顔を洗った。すぐにムアラ・アンチャロンに着くだろうと思っていた。つまり、暫くするとこの船ともおさらばということだ。この船はワハウへと向かい、僕はタンジュン・マニスへと向かうからだ。この川はアンチャロンを過ぎた後、二つに別れて、ワハウへ向かうテレン川とタンジュン・マニスへと向かうアタン川となる。

　陽が高くなり、さっきまで黒く沈んでいた森が爽やかな落ち着いた緑になってきた。もう何千年も前から、森はずっとこんなだったのだろう。カワウソが恥ずかしそうに茂みの後ろから頭を出して辺りを覗き、高い木の上ではテングザルたちが当惑した人間のようにきょろきょろしている。スレニは起き出し、かがんだまま艫《とも》へ移動した。船の屋根は実際、人の背丈ほどもなかった。もう一つの隣の蚊帳の中から一人、また一人と顔を見せた。彼ら同士は、早く喋るとぼくには理解できないマレー語のクタイ方言*2で話していた。赤ん坊が泣いているのが聞こえた。その人たちはすぐに蚊帳を片づけ、敷布団を丸めた。すると広い空間が現れ、本来の意味でのエンジン付きの船あるいは川船に戻った。

　船のせいで小さな波が岸に向かって立った。ぼくは縁に座って外を見、森の奥を想像してみようとした。この川からは、カリマンタンの森林破壊を感じとることは難しかった。我々が通り過ぎた一つ二つの伐採場は、まだ危機的な破壊を映し出してはいなかった。きっと、サマリンダでチャーターできる航空サービスの飛行機で通り過ぎたなら、この印象は全く違ったものになることは分かっていた。困ったことに、僕は今自分のことで頭が一杯だった。

　旅はまだ終わらない。船のエンジンの叫び声は、止めてくれと乞うているかのようだったが、ザエラニは頭上の綱を四回引いた、カン、カン、カン、カン。これは機関室に居るボスゥに対して速度を最高にまで上げるようにという合図だった。船は僕の不安を取り除こうとするかのように、時間とともに加速していった。しかし、ザエラニも落ち着かない様子で妻の方を見、二人は見つめ合った。

「アンチャロンには何時に着くんだ?」僕は尋ねた。

「多分あと一時間半だ」

船外機を付けた小舟が何隻か滑るようにすれ違った。ああ、アンチャロンはきっともう近いのだろう。人が住んでいる近くでは、船外機付きの小舟が行きかっているものだ。遅かれ早かれ着くんだと思って、僕はまた寝ころがった。僕は目を閉じて、朝飯替わりに、笑顔がこの上なく魅力的なマストゥリに思いをはせた。

この船はおよそ長さ二〇メートル、幅が四メートルだった。この船に乗っている二組の家族にはテンガロンで会った。彼らは親戚同士だった。僕は今、この船の中でアンチャロンに向かう唯一の乗客だった。他の乗客たちは、セブルやムアラ・カマンといった近い所で降りてしまっていた。ザエラニとスレニはまだ結婚したばかりのようだったが、ソダとリサには既に子どもが二人おり、その子どもたちは船の天井から吊り下げられた布の中で揺られながら眠っていた。ソダはスレニの兄だろう。二人の顔からそう思ったのだ。スレニはずっと台所で忙しくしていた。網を仕掛けていた漁師から魚を買うために、昨日船は暫く止まった。奥地では、川が交通の動脈になっていたから、この船は川に沿って客を乗せたり降ろしたりして生活の糧を得ていた。しかし、船は容易に形を変えて、浮き家になった。夜に蚊帳が取り付けられると、蚊から身を守るのに役立つだけはなく、蚊帳が部屋代わりになった。実際には、船が動いているときには蚊は出なかったけれど。その蚊帳は網のように透けて見えるものではなく、目の詰んだ厚手の白い布でできていたから、中の様子は外から見えなかった。

陽はいっそう高くなったが、一軒の家さえ見えず、村があることを示す川岸から丘の斜面の上まで階段の役目をする木の梯子も見あたらなかった。ソダがザエラニと操舵を交代し、それから何事もなかったかのようにザエラニは眠った。上流に向かうといつもそうだったが、川の流れは激しくなり、森はいっそう深くなった。本来なら我々はもうムアラ・アンチャロンに到着しているはずだったが、いくら待てども現れなかった。僕は不安になってきた。しかし、他の者は平然としていた。

スレニが奥から顔を出した。

「さあ、いっしょに食べましょう」

僕は返事をしなかったが、眠っているもう一人の子どもを揺らしながら赤ん坊に乳をやっているリサのそばを腰をかがめて通り過ぎて、食事を受け取った。ご飯は固く焦げつき、おかずは川魚だったが、僕はエンジンの騒音の中で貪り食った。

§

陽がもう西の方に傾いたことに気づいて僕ははっとした。ああ、果たしてもうどこまで来たのだろう。僕は眠り込んではいなかったはずだから、いくら遅くても、もう船は着いていなければならない頃だった。ソダは黙り込んでいたが、道を間違えてはいないはずだった。ワハウへ向かうルートは、必ずアンチャロンを通らなければならず、それ以外のルートはない。

「どうしていつまでたっても着かないんだ」と、僕は訊いてみた。ソダは振り向いた。僕は彼のそのまなざしを一生忘れることはないだろう。ぞくっとした。その目、彼の目はまるでガラス玉でできたようで、魂が抜けたみたいに微動だにしなかった。僕は力が抜けて座り込み、他の者に目をやると、みんなあたかも問題を片付けたばかりのように力が抜け呆然としていた。

外は陽が少しずつ傾いてきていたが、美しい空がかえって僕にいっそう孤独感を募らせた。僕はますます不安になってきた。森は再び暗くなり始め、不気味に見えた。川面は既に赤く染まった夕焼け空をすくい取り、僕はソダが忘我の境地のようになっているのを見た。きっと我々は距離を測り違えていたのだろうと考えることで、僕は自分自身を落ち着かせようとした。この船はそう頻繁に下流へは行かないから、彼とて相当の数の川に突き出した砂嘴をみんな覚えているはずがないこ とくらいわかっていた。それに、もしかしたらこれはいくらか妄想が混じった僕の感情のせいなのかも知れなかった。人は旅をすると、常に哀しみと喜び、恐れと勇気、感動と興奮、寂しさと好奇心の間を漂っている状態にあるからだ。

船外機付きの船はまだ騒がしい音をたて、川に沿って蛇行しながらゆっくりと進み、夕焼けはそれほど赤くなく、それどころか少しずつ曇って雲塊が出て、やがて小雨が降り風が出始めた。帳《とばり》が降ろされたが、突然の雨に僕のズボンは濡れてしまった。空はたちまち暗くなり、ザエラニは既にソダと交代していた。彼は落ち着いて船を操った。黄色のランプが点けられ、その光は視界を遮る濃い霧を貫こうとした。真っ暗な外では、一メートル先さえ見えなくなっていた。ときどき船体に木の枝が当たる音が聞こえた。雨は激しくなるばかりだった。

この状況も望むと望まざるにかかわらず過ごしていかなければならない旅程であり、譬えるなら自らの不安を克服するための戦いであり、交錯したイメージに満ちた悪夢のようなものだった。時折、眠りと覚醒の間に、僕は澄んだ、そして気持ちを落ち着かせる音を聞いた。多分それは船が水をかき分けて進んで行く音だったのだろう。リズムは一定で、繊細で親しみのあるものだった。また別の時には様々な音が響きあった。ザエラニが操舵室の前のガラスを何度も拭く音。未だ霧は晴れず、船のランプは浅瀬に乗り上げないように距離を保つために川岸を照らし続けた。僕はポケットに手を突っ込んだが、両切りの丁子煙草は切れてしまっていた。リュックサックの中に、飛行機の中でもらったフィルター付きの煙草があったのを思い出した。うまくないのは分かっていたが、気を紛らすために、僕は闇の中で手探りで探した。でも見つからなかった。

風は激しい音をたてて吹き荒れていた。幼い二人の子どもは一緒になって泣いていた。リサが慌てて小さいほうの赤ん坊に乳を含ませるとすぐに泣きやんだが、もう一人の子どもはあちこち這いずり回ってまだ泣いていた。僕は、雨にうたれる葉が応えあう音を聞きながら眠ろうとした。僕の夢は、遠くから聞こえてくるエンジン音の現実と焦燥感の間で、判然としなくなっていた。僕は目覚める度にまだ船の中にいて、それは夢とほとんど違わなかった。僕の夢は、まさに今起こっている現実だった。

時の流れが感じられない。人が住んでいることを示すものは何もなかった。木材会社の伐採場もなかった。村もなかった。しばしば川を占領する幾重にもなった筏とすれ違うこともなかった。耳の長いダヤク人の小舟にも遭わなかった。川の左右は森、そして森、森があるだけだった。激しい雨はやがて小雨へと変わった。カン、カンと二回音がした。ボスゥが船の速度を落とさなくてはならない合図だ。それから急いで彼は水を外へくみ出した。

「マストゥリ、君がここにいてくれたら」と、僕は心の中でつぶやき、彼女が怖がるだろうか、それともはしゃぐだろうかと想像をめぐらせた。マストゥリはまだバリにいた。多分、彼女はきらびやかなホテルで、観光客の前で踊っているだろう。そして僕はここにいる。いったい僕はどうしてこんなところにいるのだろう。突然、不安感に捕われ、それは想像したこともない現実感をもった。

「冒険って、話を聞いているのは面白いわ」と、君は言った。「でも自分でやるものじゃないわ」それが問題なのだ。それはすべてが終わって初めて面白いものなのだ。それは話し方次第ではある。映画の最後のシーンが終わった時、そのまま見続けていたいと思うのだが、映画は終わり、現実に引き戻されると、それはいつまでも終わらない。まるで終わりがないのだ！　そしてそれこそが現実というものなのだ！　魂の抜けたガラス玉のような彼らの目を思い出して、僕は飛び起きた。

「お前たちはみんな、ワハウに着きっこない！」と、突然僕は叫んだ。「いいか、お前たちはワハウに着きはしないんだ。本当は、昨日、アンチャロンに着いていたはずだ！」彼らはその冷たい表情でゆっくりと振り向いた。小雨はすっかり止んでいた。ランプの薄明りが彼らの表情を像のように硬くしていったばかりか、二人の子どもたちの表情まで硬くなっていた。彼らは僕を繋ぎ止めるような、それでいて無関心な目つきで僕を見つめた。彼らは黙り込み、何の反応も示さなかった。僕はぐったりとして船の片隅へ戻り、孤独を感じた。

あたかもすべてが然るべく進んでいるかのようにエンジン音が聞こえていた。風は優しく吹き、固くなった僕の顔を撫でた。そう、僕は自分自身のことについて考え過ぎているのだと思う。どうして他人のことを考えないのか、たとえば。おそらく僕はタンジュン・マニスには着かないだろうが、それはそんなに重要なことではない。着くことがないとしてそれがいったいどうしたというのだ。もしかしたら、僕は二度とジャカルタには戻れないのかも知れないし、家に帰れないのかも知れない。だがそれさえ、どうでもいいことだ。どうしてすべては帰るということで終わらねばならないのか。あぁ、帰ること。帰るとは、何なのか。そう、家。家とは何なのか。あぁ、何だというのだ。そして、何なのか。

おそらくマストゥリの踊りはもう終わり、彼女はホテルを出て乗合自動車でウブドに帰っただろう。僕は彼女が踊っている時ではない時の、魅力的な彼女の笑顔を思い出す。彼女に夫がいるのは残念だったが、それは大した問題ではなかったし、僕にだって妻はいる。どうしてこんな事を考えているのだろう。カリマンタンからバリへ、そしてジャカルタへ、パラパ衛星[*3]を使う長距離電話の速さをも超える。ソダはまたザエラニと操舵を交代した。奇妙なことに、彼らの顔には何の疑いも浮かんでいなかった。まるで我々がまだアンチャロンに着いていないことさえ不思議ではないかのように。あるいは、彼らはもはやそんなことなど気にしていないのだろうか。それともわからないのか。僕にはああでもこうでもないと考えることしかできなかった。スレニは蚊帳を取り付け、リサもそれにならい、僕は彼らに借りた茣蓙を広げて体を横たえた。ザエラニはスレニの後から蚊帳の中へ入って行った。寒さはひどく、僕は手を強く握り合わせた。外では雨がまた激しくなっていた。

§

どれくらいの間眠っていたのだろう、どんなことがいろいろな夢になったのだろう。でも、僕が目を開けたとき、突然世界はすっかり変わってしまったかのようだった。僕はきっとアンチャロンに着くこともなく、その先のことを心配する必要もないと、突然わかったような気になった。僕は辺りに目をやった。みんな、表情が輝いていた。ソダはリラックスして楽し気に舵を握っていた。スレニは幸せそうに目をパチパチさせていた。船はゆっくりと進み、エンジンの音も今は優しく聞こえた。二人の子どももとても愛らしく穏やかだった。

朝の光が美しく輝き、ザエラニはとても幸せそうに見えた。僕には何が起きたのか分からなかった。僕はリサに訊こうとしたが、今朝の彼女はとても優しく母親らしく見え、愛情を込めて赤ん坊を抱いていた。僕はこんな雰囲気を壊したくなかった。

川岸はまだ森が続き、生い茂った葉は陽の光を浴びて銀色に輝いていた。露が一滴ずつ零れ落ち、先端を川に沈めている若枝をつたって滑った。時が経つにつれ、我々はどこにも着きはしないのだということを自分に言い聞かせなくてはと感じていた。上流には着かない。この川には上流がない。上流もなければ下流もない。

生き生きとした表情のボスゥを見た。世界は本当に変わっていた。もう恐ろしい夜などない。僕たちの世界はずっとずっとこのように輝き続けるのだ。これは本を閉じる前に、あれこれと僕たちが質問をしたいと思うような冒険譚ではない。これこそが現実そのものなのだ。

川は昨日のように、創造されたとき以来のように流れ、何も変わってはいなかった。ザエラニはソダの方に行って操舵を交代した。彼らの目がとても生き生きしているのを僕は見た。僕自身は自分の気持ちがはっきりと分からなかった。ザエラニは綱を四回引いた、カン、カン、カン、カン。そして船は自信に満ちて前進した。スレニは、外してまだきちんとたたんでいなかった蚊帳を片付けている。今や地名も、目的地もなく、ただ旅があるだけだった。

（一九八一年八月　タンジュン・マニス）

【訳註】

＊1 テンガロン、クリンジャウ川、ムアラ・アンチャロンなど（Tenggarong, Sungai Kelinjau, Muara Ancalong）…本作品に登場する地名は、ジャカルタやウブド（バリ）を除いて、すべて東カリマンタン州の実在の地名である。なお、カリマンタン（Kalimantan）は、ボルネオ（島）のインドネシア側での呼称。

＊2 マレー語のクタイ方言（Bahasa Melayu Kutai）…主としてマハカム川流域に居住するエスニックグループであるクタイ人が使用するマレー語。インドネシア語とマレー語は本来同じ言語（方言差はある）なので、クタイ方言も基本的コミュニケーションならば可能である。

＊3 パラパ衛星（Palapa）…一九七五年に運用開始した通信用衛星。電話回線にも使用され、現在の衛星もこの名が継承されている。一四世紀マジャパヒト王国の宰相ガジャマダが王国の覇権確立を誓った「パラパの誓い」に因む。

2　グスティ・クロウォ

Ngesti Kurawa（著作リスト1に初出。なお、訳出の底本にはリスト10収載のものを使用した。最終部分の擬音表現が初出とは若干異なっている）柏村彰夫訳

ワヤン（wayang）と言えば即ち「影絵芝居」と訳されたりするが、影絵以外のワヤンも存在する。よく知られている影絵形式（wayang kulit）以外に、木製人形を使用するwayang golekやwayang orang（ジャワ語でwayang wong）という人間が演ずるものもある。この作品は解散寸前のワヤン劇団を舞台にしている。主人公ムルヨハンドヨとその娘マルニン以外の名前は、すべてワヤンの登場人物名だが、ワヤンの人物の性格を踏まえたパロディとなっている。題名となっている劇団名も実在のNgesti Pandawaにちなんでいる。セノは映画やモダンジャズにも詳しいが、ジャワの伝統文化であるワヤンにも造詣が深く、後に著作リスト23、24のようなワヤンをモチーフにした物語も書いている。

『スユドノ死す』の芝居が跳ねた。ブロト・ユドの闘いも幕を閉じたのだ。さほど多くもない観客が、とぼとぼと帰って行く。そして、広場は再び静寂に包まれた。「グスティ・クロウォ・ワヤン演劇一座」の芝居小屋は、この劇団の破産など知らぬそぶりの夜寒に包まれ静まりかえっていた。バトロ・クレスノはスンクニを連れて菩提樹の方へ歩いていったが、街娼の忍び笑いが風に漂ってきた。スマルが、先程からそこに腰を据えているようだ。

一座の小屋は、パンドゥォ兄弟たちがあやうく焼き殺されそうになったシゴロゴロの館のようだ。ムルヨハンドヨは、渋い顔で丁字入り煙草をくゆらせていた。ワヤンの登場人物のように神通力があればと思っていた。売り払ったガムランは明日、華人のチョンに引き渡される手筈になっていた。売り払うことにしたのだった。座員たちを食べさせなければならない。もちろん、彼の二人の妻ドゥルパディとバノワティもだ。芝居小屋は直ぐに取り壊され、近々跡地で開発一〇周年展覧会が開催されることになっている。一座は立ち退かなければならなかった。一体、どこへ。風任せと言うしかなかった。

「それは、うちの担当じゃないな」と文化部の役人が言った。「前から言ってただろう。ダンドゥット[*1]の楽団でもやったほうがまし。ワヤン劇団なんてやるからだ。いまどき、人が演じるワヤンなんか誰が観る？　何のために？　必要ないね。映画の方がまし。私だってワヤンなんて観たいと思わないね、正直言って」

ムルヨハンドヨは、丁字煙草をもう一服吹かした。グスティ・クロウォ一座はいつまで保つか。

一座は、付近の小さな町や地方の町、さらには辺鄙な田舎町にまで巡業を行なってきた。一度、ダンドゥット楽団と同時に公演をしたことがあった。その時の出し物は、『ブロジョドゥント謀反す』だった。だが、客の入りは散々で、しかも一〇〇メートルと離れてはいないダンドゥットの会場から鳴り響く轟音の中での芝居となった。どうしようもなく、道化役のガレンやペトルッ、ダンドゥットの真似事を演るしかなかった。

「座長さん、お入んなさいな。そこは寒いわ」と小屋の前にある竹製のアーチの陰から柔らかな声がした。振り向くと、おや、あれはスムボドロのようだ。ムルヨハンドヨには、既にドゥルパディとバノワティがいるのだが、舞台の上では楚々として上品なスムボドロが、普段はどうしてなかなか奔放であることに気付いていた。これは、これは、とムルヨハンドヨは、ほくそ笑んだ。なにはともあれ、グスティ・クロウォ一座は、お楽しみを提供してくれるというわけだ。

「どうした、お嬢?」と慈父ぶった声で尋ねた。「亭主は?」

「嫌だ、あんな馬鹿、気にすることないのよ。さっきからムルニとしけこんでます。ムルニは純粋って意味だけど、名前と大違い。人の亭主を寝取るんだから。スリカンディの役だって言うけど、やってることはこれだもの」

「で、おまえさん、どうするつもりだ?」

「そうねえ、私が同じ事してもおあいこでしょ」

スムボドロがムルヨハンドヨに体を寄せてきた時、彼の思いは過去へと飛び去りここにはなかった。昔、そう、昔、彼はワヤンの踊り手であり役者であった。巨躯の役を演ずるのが常で、ラウォノ、ウレクドロ、クムボカルノそしてバトロ・バユも演じた。舞台での偉丈夫振りが舞台を降りても消えないらしく、伴奏の唄い手が彼に熱を上げたこともあった。ああ、昔は良かった、本当に。毎年海外へ派遣された、そう、そう、昔だ、全て昔のことだ。

　で、今は？

「ねえ、座長さん、くよくよするのはよしましょうよ。なるようになるわ。神様が導いてくれますよ。きっといいことあるわ」

　ムルヨハンドヨは返事をしなかった。スムボドロと腕を組んで、その場を離れた。竹で作った芝居小屋の中では、舞台の上でペトルッ、ブト・チャキル、ガトットコチョ、ドゥルソノがまだドミノカードで遊んでいた。他の連中は、わずかばかりの金をどこで無駄にしているものやら。

「…ぬしの仕草が愛しゅうて、目交じで知らす胸のうち…」

　スムボドロは、かつてラウォノだった男に抱かれ、小声で唄っていた。天上の神々も、二人を邪魔することはできなかった。男は、五〇歳になった今、いろいろと考えねばならなかった。一座は直ぐに解散となる。それぞれが自分で生きていくことになる。しかし、彼は座員が生きていけるようにしなければならなかった。道化役のプノカワンたちは、コメディアンのグループに転身できる。楽団も転身可能だろう。何人かは別の劇団、クトプラッ[*2]かスリムラット[*3]に行けるだろうし、新たなワヤン劇団を旗揚げできるかもしれない。屋台を始める者もいる。しかし、残りの者たちが問題だった。

彼らはグスティ・クロウォ・ワヤン演劇一座の座長であるムルヨハンドヨの言う通りにするつもりでいるのだ。

時は夢のように流れたが、彼の思いはそれ以上の速さで動き、一方で自分自身は動きを止めてしまったように感じていた。時が止まり、世界が世界であることを止めた。あたかもクレスノの変身によって止められたかのようだった。俺の悩みが消えぬうちは、夜も明けぬらしい。

広場は、遺骸がないだけのクルセトロの野[*4]のようだった。ムルヨハンドヨは、生まれてからずっとワヤン演劇に生きてきた役者だった。生まれたのは、役者が寝起きする小屋だったし、誕生の瞬間も彼の父は舞台で踊っていたのだ。だから、彼にとって舞台はただ仮初めの世界というわけではなかった。ムルヨハンドヨには、舞台と現実の生活に線引きするのは難しかった。普段は王侯貴顕をいかに荘厳に演じていようと、所詮はただの庶民に過ぎず、稼ぎもまた僅かばかりに過ぎなかった。役と現実の違いには天と地ほどの差があった。

「ねえ、座長さん、あたし別れたら、あんたと結婚するね」

「おいおい、意地を張ってなにも離婚しなくっても。子どもが可哀想だろ」

「だって、あの人、勝手ばかりして、頭に来るったらない。あたしだって余所の亭主に言い寄られるんだってことわかってないのよ。男が家にやって来ると、狂ったみたいに焼き餅焼くんだから。身の程知らずの馬鹿男が、余所の女と寝たりしやがって」

「おい、よせよせ。そんなに熱くなるな。厄介はご免だ。もういい、過ぎたことは過ぎたことだ。その辺歩こうか。もう…」

「ねえ…」

「うん…」

「あたしと結婚してくれるんでしょ?」

「結婚なんざ、お安い御用!」

「その手で、アリムビは捨てられたんだ」

「アリムビのことは関係ない、おまえはスムボドロじゃないか。出し物が違うよ」

目の前の暗がりから癖のある忍び笑いの声が聞こえてきたので、ムルヨハンドヨはスムボドロを連れてその場を後にした。スムボドロは、その声を気にしなかった。明日からスムボドロを演じることもないことを気にかけていないのと同様に。皆がそれぞれの思いにふけっていた。風がそよそよと吹き渡った。この風が胸膜炎を引き起こすらしい。道端の屋台のコーヒー屋でムルヨハンドヨは立ち止まった。スムボドロは、すぐさま血豆腐*5をつまみ食いした。そこにはスユドノことドゥルユドノがいた。生き返ったところで嬉しくもないといった、暗い顔をしていた。

「わしら、お仕舞いだな、座長」と勝手に喋り始めた。「ワヤンなんていらないんだ。象徴なんてのもいらない。哲学も、なんもかもいらないんだ…」彼は、うこん茶を飲み、トウモロコシの皮で巻いたシルマン印の煙草に火を付けた。「今時、必要なものは向こうからやって来るんだ。テレビもある、カセットもある。部屋で一人で観て、一人でイヤホンで聞いてるって寸法さ。悩みがあれば睡眠薬がある。ワヤンは、もう用なしだ。わしらも用なし。ブロト・ユドは終わったんだ。スユドノが死んで、世界は平和…」屋台のトランジスタ・ラジオの音がひときわ大きくなったかのように、ダンドゥットの曲が鳴り響いた。「…あんたの台詞は、聞き飽きた…」ギターと笛の音が激しく鳴り、ボンゴが打ち鳴らされた。スムボドロは、夢中で首を縦に横に振りながら曲に合わせて歌い始めた。

「そうだ。座長さん、ダンドゥット楽団をやればいい、あたしが歌うわ」彼女は、返答を待たずに、首を振り続け、ゆっくりと、しかししっかりと腰まで振り始めた。体をムルヨハンドヨに擦りつけるように踊っていた。座長は、黙ったままだ。踊り子は、時に甘えてくるものだ、また時に考えが足りないものだ、と内心思っていた。だが、大したことではない、いい女なら許せる、と心の中でつぶやいた。へへへ、この女のきちんと着てる服を脱がせてみたら、へへへ…

そこへバトロ・ノロドとプレギウォの二人がやって来た。二人は力なく腰を下ろした。

「ねえ、これからどうなるんです座長、明日から俺たちはどうすりゃいいんですか?」

「止しなさいよ。座長さんだって悩んでるとこなのよ」とスムボドロがなおも首を振りながら口を挟んだ。彼女が丁字煙草を吸うと丁字が爆ぜる音がし、はき出された煙は、寒く乾いた夜気の中を暖かそうに漂った。ノロドは、横柄な態度で口を挟まれ驚いた。なんて出しゃばりな女なんだ。

「座長」構わず彼は続けた。「俺たちはどうなるんですか?」

だが、答えたのはプレギウォだった。

「さっきから言ってるだろ。考え過ぎるなって。俺たちのことは、座長が考えてくれるさ。俺たちは役をこなしてりゃいいのさ。俺はプレギウォで、お前はノロドってことよ。だろ、スムボドロ？」

「は、は、そうだ、その通りだ」とムルヨハンドヨが瞑想から目覚めたラウォノのごとく唐突にそう言った。「で、俺の役はお前たちみんなの生き死にを考えてやる座長ってわけだ。は、は、は！　こりゃ、いい！　傑作だ！　まったくもって利口なやり方だ！　お気楽に、踊りでも踊ってりゃいいってな。悩むのは俺ってわけだ。は、は、は！」

「いえ、そういうことじゃないんで、座長、俺の言いたいのは…」

「いいって、いいって、言い訳しなくていい！　要するに、お前らは悩む必要はないってことだ。全部、俺のせいだ！　俺の責任なんだ！」

皆が口を噤んだ。屋台のラジオだけが、ダンドゥットの曲を響かせ続けていた。ムルヨハンドヨは、何事もなかったかのように、再び静かにコーヒーに口を付けた。

夜が静かに更けていく。彼の耳には何の音も届かない。でき事は通り過ぎ、凍りつく。どれほどの間、そうしていたのか。突然ペトルッが息せききって走り込んできた。

「座長！座長！」

「何なの？」とスムボドロが応じた。

「こっ、こやがっ！」喘ぎながらペトルッが言った「小屋が！」

「どうしたの？」

「火事だっ！」

その場に居た者は、物も言わずに直ぐさま広場目指して駆けだした。幸い広場は、それほど離れてはいなかった。遠くからムルヨハンドヨは、栄光の残滓を見た。寒空に立ち上る煙。壮麗に天空を焦がす炎。こりゃ、本当にシゴロゴロの館みたいじゃないか、と思った。

「ガトゥッコチョが！」誰かが叫んでいた「ガトゥッコチョの野郎が酔っぱらって、博打に負けて、女房を寝取られて、切れちまった！　屋根に松明を投げやがった！」

「ガトゥッコチョ、気でも違ったか！」

火事場を取り囲んでいる者たちは、どうして良いかわからず、ただ周囲をぐるぐると駆けずり回っていた。で、これが終わりってことか、とムルヨハンドヨはため息をつきながら、そう思った。これが、耐え切れぬほどの緊張と胸を締め付けられる思いの幕引きなのだ。これがそうなのだ、この火事こそが。グル神の命令で、火の神アグニが紅蓮の炎の中で舞い踊っているようだ。

座員たちが協力して一杯また一杯とバケツで水をかけている甲斐なき努力を見ていた。竹の爆ぜる音、一つまた一つと壁が焼け落ちていく音が、あたかも泣きじゃくりながら歌う嘆き歌のようだった。大勢の者が右往左往し、焼け残っている物を持ち出そうとしていた。悲鳴と泣き声が嘆きと交錯した。それに口論と諍いも起こっていた。ガトゥッコチョとウルクドロが、互いに鎌を手にしながら睨み合っている。誰も割って入る勇気はなかった。ガトゥッコチョの女房がのたうち回って泣き叫んでおり、皆がなだめていた。その横で、依然火を消し止めようと動き回っている者もいた。小屋の半分が焼け落ちた。ムルヨハンドヨは、王宮や山や森を描いた書き割りが瞬く間に灰になっていくのを悄然と見つめていた。

「座長さん！　なんてことだ！」と皆が口々にうろたえ泣きそうな声で叫んでいた。

「全部燃えちまう！　着る物は全部中に置いてあるんだ」

「座長！　嬢ちゃんが、マルニンが、まだ中で寝てんだっ！」

ムルヨハンドヨは一言も発せず、即座に動いた。電光石火のごとく、人混みを縫って走った。

「座長、待った！」誰かが押しとどめようとした。「煙にまかれちまうよ！」

「離せっ！」ムルヨハンドヨは、押しのけ、走り出した。

「これを、座長！」誰かが濡れタオルを投げてよこした。

ムルヨハンドヨは、火事場に分け入った。急げば、マルニンを助け出せるだろう。くそっ！　一体全体、なぜマルニンが中で寝てるんだ。これじゃ、俺は英雄になるしかないか、と思った。歩みを進めつつ、アレンカの都の半ばを焼き尽くす演目『アノマン火を放つ』のアノマンになった気がした。真っ直ぐにマルニンの寝ている部屋へ向かう。足裏に熱さは感じられなかった。火炎の世界、紅蓮の世界のまっただ中に入り込み、音のない静寂の世界に入り込んだようだった。宙を舞って進んでいる気がした。

どん！　子どもの部屋の扉を蹴破ったが、なんと、空だった。マルニンは無事だったのだ。小屋の外では、人々の泣き叫ぶ声が騒がしくなっていった。

「座長、座長ーっ、早く出てこーい、マルニンはここだ！」

「父さん！　父さん！」

「座長さーん、座長さんてばー！」スムボドロが叫ぶ「早く出てきてよー！」

「煙にまかれたんだ」

「なんてことだ。助けてくれ。なんてこった」

消防車もやって来たが、グスティ・クロウォの巨大な芝居小屋は、ほとんど丸焼けになってしまっていた。ドゥルパディとバノワティはとうに気を失っていた。焼け落ちた小屋から火の粉が飛び、パチッパチッと竹の爆ぜる音がした。今やワヤン劇団の座員たちの顔には、悲嘆と諦念だけがあった。物語の宮殿炎上が現実となったのを目の当たりにしたかのようだった。炎に照らされたその顔は、呪いが掛けられたみたいで、一同まるで制御室が爆発して動きを止めたロボットのようだった。

「座長さーん…」スムボドロの声は、火を煽り、巨大な芝居小屋の歴史に幕を下ろそうとする強い夜風にかき消されそうだった。消防車も、広場の真ん中では水がなく、直ぐに無用の長物になってしまった。

翌日、何人かが焼け跡のあちらこちらをひっくり返していた。いや正確には焼け跡など有りはしなかった。小屋のすべてはきれいに燃えてしまい、灰と炭が地面を覆っているだけだった。時たま装飾品、衣装や玉座の燃え残りなどが見つかった。クリスも出てきた。ガムランは溶けて金属の塊になっていた。しかし、ムルヨハンドヨの遺体は見つからない。捜索は懸命に、慎重に続けられた。真昼を過ぎ夕方まで行なわれたが、骨の一本すら見つからなかった。

「お前、ゆうべ、中に入って行ったのを見たのか?」

「俺だけじゃない、皆見てんだよ。マルニンを助けようと火に飛び込んで行ったんだ」

「出てきたのを見た奴はいないのか?」

「いないよ。出てきたならわかる。第一、俺たちは火事場の回りをぐるりと取り巻いてたんだから!」

「だったら?」

「わからない!」

「誰が見たんだ?」

「中に入ってなきゃいいんだが」

「そうだ、俺、濡れタオルを投げたぞ」

「あたしも入って行くのを見たよ」

「俺も見た」

「あたしも」

「俺も」

「でも、どこへ行っちまったんだ?」

「うん、どこかな?」

「そうだよな、どこだろ?」

「この様子じゃ、きっと無事なんだよ!」

「そうだよ、死んだのなら死体があるはずだもの」

「でも、そのまま姿を消すなんてありえない。出てきたのなら見てるはずだし」

「そうだよ。座長はどこへ行ったんだろう?」

解脱[*6]したのだろうか。

その時、他の町で強盗事件が発生し、パリの中心部で爆弾が破裂し、西ドイツで財界人が誘拐され、「連帯」のデモ参加者が銃弾を浴びて死亡し、老婆が咳きこみ、パレスティナの闘士が避難し、テル・アビブでデモがあり、レフ・ワレサが詩を書き、パサール・スネン[*7]は依然賑やか、道路は渋滞、新聞は発禁、掏摸が追いかけられ、コロンビア号の打ち上げが準備され、イディ・アミンがインフルエンザで寝込み、巡礼に人の波が押し寄せ、ワティが授乳し、ソ連の書記局が会議中で、白人観光客がクタ海岸で裸で寝そべった。ブーンブーンタラタラタラタラツムツムブッズ。カメリア・マリク[*8]がダンドゥットを歌い、ダナルト[*9]がベモに乗り、ロバート・ムガベがおしっこをし、公安が聞き耳を立て、製麺工場が洪水に遭い、牛乳が川に捨てられ、リウス・ポンゴ[*10]が殺虫剤を飲んで自殺を図り、アンチョル[*11]のピエロが撃たれ、交通整理の警官が警笛を吹き、ジョクジャ発の夜行列車がガンビル駅[*12]に着き、バンコク行きの飛行機が離陸し、ダイアナ妃が夢でユユ・カンカン[*13]に会い、ジョコ・マリス[*14]の蹴ったボールがムルチュ・ブアナ[*15]のゴールを揺らし、酔っぱらいがいて、落ち葉があり、リンリンの飲み物に埃が一つ入った。ブルンブルンジポジポブルンブルンブルンブズ――ヤ――――。三人が互いに挨拶し、赤分葱がフライパンに入り、牛の乳が搾られ、川が流れ、海が蒸発し、空は普段通りで、ニューヨークは夜、スマランは朝、ロンドンは緑、スラバヤは雨、モスクからアザン、ダライ・ラマ、ライザ・ミネリ、ドナ・サマー、ディスコ、ニューウェーブ、アジノモト、ホノチョロコ[*16]、もし、もし、スンプルワティだけど、どなた？　やったー！　二匹の蟻が死に、ベンツのタイヤがパンクし、ドーナツが食べられ、時計がチクタク、ゴ――ル！　雄鶏がコケコッコ、銃弾が飛び、爆弾が落とされ、水槽が割れ、さあ、さあ、次は誰だ、さあ、床が掃かれ、鄧小平が鼻をほじり、ジャカルタ劇場が『生きる』を上演し、睡眠薬が飲まれ、バイクが疾走し、電話で口説くやつがいて、市バスがエンスト、ラングン・マンドロ・ウォノロ[*17]、クリド・ブクソ・ウィロモ[*18]、マンディリ劇団[*19]、大麻が吸われ、ハイリル・アンワル[*20]、『轟音、塵に混じる』、細菌、かけら、バジャイ、えーっと、シヤ、シンコ、ニョテ、ヒレ[*21]？　ワイヨヤエシヨナエラシワハディブクルブクブグブグブグ――――ンンンンンン！

しかし、座長はどこだ。

解脱したのだろうか。

（一九八二年一〇月一八日　ジャカルタ）

【訳註】

＊1 ダンドゥット（dangdut）…アラブやインドの音楽の要素を取り入れたハイブリッドな音楽の名称。六〇年代末に歌手ロマ・イラマ（Rhoma Irama）の登場によってジャンルが確立した。ビートの効いた楽曲は都市の大衆層の踊れる音楽として現在も人気がある。歌詞は恋愛に関するものが多いが、ロマ・イラマの楽曲にはイスラム的敬神、隣人愛、郷土愛を歌うものもある。

＊2 クトプラッ（ketoprak）…ジャワの大衆演劇。出し物は喜劇が多い。

＊3 スリムラット（Srimulat）…一九五〇年にトゥグ・スラムット・ラハルジョ（Teguh Slamet Rahardjo）によって設立された喜劇劇団の名。

＊4 クルセトロの野（padang Kurusetra）…マハーバーラタでクロウォ一族とパンドウォ一族が戦った決戦場。

＊5 血豆腐（saren）…鶏の血を固めた食品。串焼きにしたり、炒め物の材料にする。

＊6 解脱（muksa）…インドネシア語では moksa。muksa はジャワ語綴り。サンスクリット語からの借用語。

＊7 パサール・スネン（Pasar Senen）…ジャカルタ中心部の地名。実際に市場（パサール）があり、加えて映画館や歓楽街もあって、かつては代表的な繁華街だったが、現在では往年の賑わいはない。

＊8 カメリア・マリク（Camelia Malik）…一九五五年生まれ。女優、歌手。七〇年代初等にデビューし、現在まで人気がある。代表的な女性ダンドゥット歌手の一人。

＊9 ダナルト（Danarto）…作家。絵も良くし、著作23の挿絵を描いている。大阪万博の際、文化使節とし

て来日。その際に寄贈したワヤン人形が東京国立博物館に展示されている。
＊10　リウス・ポンゴ（Lius Pongoh）…八〇年代に活躍したバドミントン選出。自殺未遂は実話。
＊11　アンチョル（Ancol）…ジャカルタ北部、湾岸部の地名。遊園地を含む巨大テーマパークがある。
＊12　ガンビル駅（Gambir）…ジャカルタのターミナル駅。
＊13　ユユ・カンカン（Yuyu Kangkang）…ジャワの民話「アンデ・アンデ・ルムット」に登場する巨大な川蟹の名前。
＊14　ジョコ・マリス（Joko Malis）…七〇年代から八〇年代にかけて活躍したインドネシア人サッカー選手の名。
＊15　ムルチュ・ブアナ（Mercu Buana）…八〇年代まであったメダンをホームとするサッカーチーム。
＊16　ホノチョロコ（Hanacaraka.）…ジャワ文字の最初の五文字を繋げたもの。いろは歌のように意味を成している。ホノチョロコで「使いの者が来た」という意味になる。またアルファベットをＡＢＣと呼ぶのと同様に、ジャワ文字を指す場合もある。
＊17　ラングン・マンドロ・ウォノロ（Langen Mandra Wanara）…ジョクジャカルタの宮廷舞踊。
＊18　クリド・ブクソ・ウィロモ（Krida Beksa Wirama）…ジョクジャカルタの伝統舞踊グループ。
＊19　マンディリ劇団（Teater Mandiri）…作家プトゥ・ウィジャヤによって設立された劇団。
＊20　ハイリル・アンワル（Chairil Anwar）…ハイリル・アンワル（一九二二～四九年）はインドネシアで最も有名な詩人。『轟音、塵に混じる』はその代表作。

＊21　シヤ、シンコ、…(Siya. Singko. …）…インドネシア語やジャワ語として（音韻的に）存在しそうだが、実際にはない「語」で、セノがよくやる言葉遊び。

3　あるストリッパーの死

Matinya Seorang Penari Telanjang（著作リスト1に収録）森山幹弘訳

セノ自身は、「あるストリッパーの死」を初の短篇集の書名にしたかったが、出版社が『室内人』に替えたのだと、著作リスト10の前書きに書いている。性と犯罪と暴力を書けば売れるのじゃないかと思ったとも。これが半ば照れ隠しの言葉であるにせよ、この作品がサスペンス映画の世界を描こうとしているのは明らかである。実際、後に映画化され、セノ本人が映画シナリオに書き直すが、映画自体はシナリオを換骨奪胎したものだった。そこで、このシナリオを再度小説化したものが10に収載されている。また10には、ここで訳出したオリジナル版も収載されており、二つのバージョンが読める仕掛けとなっている。

彼女の髪は縮れ毛で、肌は黒人のように真っ黒だったが、体つきは棕櫚の箒のように細かった。彼女はハウールグリス芸術院の舞踊学部二一世紀現代舞踊学科の卒業生だった。その暗闇の中に彼女は立っていた。陰惨な路地のネオンランプはガスが少なくなったせいで点滅を繰り返して、光は路地の端まで届かなかった。彼女は真っ黒な自分の肌が、ナイトクラブ「夜の誘惑」からずっと後をつけてきてここで彼女の足取りを見失った二人の殺し屋の探索から守ってくれるようにと祈った。それが今差し迫った彼女の問題だった。つまり、生き延びること。でも、人の命など、もはや値打ちなどないのかもしれない。あのアラブ人の奴、彼の粗暴な愛を私が拒みさえしなければ、こんなことにならなかったかもしれない。

彼女の名前はシラと言った。名刺にはミズ・シラと書いてある。ミスでもなければミセスでもない。つまり生娘でもないし人妻でもない。とりたてて言うほどのことはない、それが今の流行りの文化というものだ。シラはそんな風に生きていくのが好きだった。オールドミスであることに煩わされることもなく、感情を犠牲にして一人の男の妻となり、主婦として台所に引きこもり床掃除をするという煩わしさもなかった。求めているのは一人の恋人だけ。でも売れっ子のストリッパーである彼女の恋人になりたい者が、あまりにも多すぎた。男というのはなんて扱いにくいものなのだろう。夜のクラブで働く私のことを尻軽だと思うのだ。シラにはどの男も本気で彼女を妻にする気など毛頭ないことなど、十分わかっていた。男たちが過剰に求めさえしなければ、うまくあしらうことができた。

夜は深まり静寂に曳きずられていく。小雨にぬれたアスファルトが光っていた。彼女が潜り込んだ路地は行き止まりだった。出ていけばきっと二人の追跡者にすぐに見つけられるだろうから、彼女には出ていく勇気はなかった。いつもタクシーを使っていると、鼠の通る道のように入り組んだ路地のことが分からなくなってしまう。幸いにもその路地は暗かった。でも、もし彼女がそこにいることが殺し屋に分かれば、きっと彼女の人生は終わるに違いない。ああ何てこと、いったいどうしてこんなところにまで来てしまったのだろう。小便の臭いがする場所、ゴキブリや空き缶、潰れた洗剤の箱が一杯だ。きっとそこにはたくさんの鼠もいるに違いない。一時間前、彼女は薄暗い光を浴びてステージに立ち、多くの人の注目を浴びていた。全く何の前触れもなく、どういう運命が突然にこんな臭い場所に彼女を引きずり込むことになったのか。おまけに殺されようとしている。とんでもない。まったくとんでもないことだ。どうしてシラはこんなことになってしまったのだろうか。

静寂が追跡者たちの足音を響かせた。そのブーツの足音は確信に満ちて聞こえた。一人が通り過ぎたようだ。シラの胸はぜいぜい喘ぎ、その男がシラが隠れている暗い路地に鋭い視線を走らせながら振り向いた時、彼女の心臓はドキドキした。できることなら見つからないように息を止めたかった。彼女はあまり大きくない洗剤の箱の後ろに蹲っていた。その男はどうやら暗闇の中に何も見なかったようだった。が、そこから去らず、立ち止まって煙草に火をつけた。その後でもう一人の仲間がやってきた。

「奴はどこへ逃げやがったんだ」

「さあな。ここは路地が多いからな」

「きっとそう遠くへは行ってないはずだ」

「ああ、奴はさっきここで見えなくなったんだ。隠れているさ」

「そこはもう見たのか」その男はシラが隠れているところを指して言った。シラは臆病な方ではなかったけれど、体が強ばった。

「いないようだ」

「見たのか」

「まだだ、でももしそこにいりゃ、逃げられないさ、行き止まりだ」

「おい、煙草をくれ」

シラが隠れているところから、点いては消える電燈の光に照らされて、屈強な二人の男の影は今やいっそうはっきりと死神のように見えた。シラは自分を落ち着かせると、彼女の頭には這うように遅く感じられる一秒一秒の時間の中に様々なイメージが浮かんできた。本当にあのアラブ人が自分を殺そうとしているのか。まさかそんな残酷なことをするとは思えない。いつもは親切でよく気を遣ってくれる。それに、彼に対する私の気持ちは友だち以上ではないと答えるのは、私の権利ではないのか。中国人、白人、ジャワ人、バタック人に対してもそうだ。

小雨がゆっくりと降っていた。細かな雨はゆっくりとシラの髪を濡らした。こうなったのは何が発端だったのか。彼女が扉から出た時、ナイトクラブ「夜の誘惑」の中はまだ煙と中国ポップスが充満していた。それから彼女は一人で歩道を歩いた。それは彼女の暮らしの中でもっとも好きな時間の一つだった。一人で歩く、これまでそれほどゆっくりと歩いたことがないくらいにゆっくりと足を運んだ。それこそが彼女にとって災いになった。空に広がる光が夜明けを迎える霧の中で屈折した。さっきまで「夜の誘惑」で作り上げられていたまやかしの享楽とはまったく違うものだった。

その静けさは彼女がもう一つの足音を聞いた時、破られてしまった。彼女は角を曲がって別の道を歩いて行ったが、その足音はまだ聞こえた。それから通りを渡った。でもまだ聞こえた。それからわざと回り道をした時もまだ何の疑念も持っていなかった。後ろを振り返りさえしなかった。だが、その音がずっと彼女をつけてくるので、不審に思って振り返った。堂々と立った男の姿は別世界からやってきた幻の影のように見えた。シラはいい気分がしなかった。そして夜はいつもより静かに感じられた。まずいことになった、と心の中で思った。彼らはきっと何か企んでいるに違いない。シラは立ち止まった。タクシーが通った。ぎこちなく手を何度も振った。

「タクシー!」でも、タクシーには人が乗っていた、二人の酔っぱらったホステス。

夜明け前の冷たい風が急ぐシラの歩みを追ってきた。歩きながら考えを巡らせた。男たちは強盗だろうか。強姦しようというのか。それとも、もっと悪くすると、殺そうというのか。男たちの話が聞こえた。

「殺ったあと、死体をどこへ捨てるんだ」と、一人が聞いた。

小雨の中でシラは答えを聞いた。

「バラバラにしてゴミ袋に入れて、ゴミ箱に捨てろ」

シラは死ぬのを怖れてはいなかった。人はどこでも、いつでも、死ぬものだ。ただ本当に殺されるというのなら、そのわけを知りたかった。無数の可能性がある。死が近づく前に、そのうちのどれなのかはっきりと知りたかった。猫ほどに大きい野ネズミが穴から出てきてシラに近づいた。ああ、神様、どうして突然ここへ追いつめられてしまったのだろうか。もし私がここにいることを男たちが知ったらどうするだろうか。こんな小便臭い陰気な暗い路地の片隅に辿り着くなんて夢にさえ思わなかった。予感さえもなかった。

チンピラをたくさん抱えている例のアラブ人の可能性があった。その大悪党があちこちに命令して、やりたい放題にしていると彼女自身も聞いていた。本当はその男はアラブ人ではなく、顔つきがアラブ人のように見えるだけだった。出身は中部ジャワのソロの向こうのスディロプラジャンの村だった。シラはそのアラブ男が彼女に迫ってきたのを拒否したことがあった。

実際、金持ちだったから、そのアラブ男に近づきたがっている者はたくさんいた。特にシルフィー、彼女なら人を使ってシラを痛めつけることもあり得る。歌手でもある彼女はたいそう嫉妬深いことをシラも知っていた。それからもう一人、アラブ男の奪い合いに間違いなく加わっていた女で、「夜の誘惑」の中で一番売れっ子ホステスのリンガルジャティだ。いったい誰なのだろう、アラブ男かシルフィーか、それともリンガルジャティか。考えあぐねた。まだ他にも彼女を殺そうと考えそうな者がたくさんいた。中将のスラットモ、あるいは彼女の家の隣の画家のマルトプリヨ。

ああ、こんなことでは生きていくのも厄介だ。こんなにも多くの人間が彼女を恨んでいるなんて。黒人のように真っ黒だったが、シラはとても人付き合いが上手かったし、容姿も美しいほうだった。だけど、人が言うには、彼女の容姿ではなく独特の性格が人の気持ちをなごませた。そしてそれが今災いの元になっていた。

一週間に彼女は五夜、それぞれ違う一二もの場所で働いていた。仕事は夜中の一二時にようやく始まった。それぞれの場所に彼女を殺す理由らしきものをもった人間がいた。「夜の誘惑」だけで三人はいた。「ＬＣＣ」のホステスのシンタ、「ナイト・フィーバー」のガードマンのスカブもそうだ。「黙示録」のエンターテーナーのザイヌディン。「カルサ・ダル」の会計係のリニ。「ブルー・ムーン」のカウンター嬢のエルサ。「サージェント・ドゥルカムディ・ロンリー・ハーツ・パブ」のバーテンダーのマルヨノ、まだまだたくさんいた。

なかでもシラの強力なライバルのフィリピン人のストリッパーのソニャ。最近どこでもシラを喜んで使うために、ソニャは仕事にあぶれることが多かった。でもソニャを最も怒らせたのは、大物華人ビジネスマンのスウェー・リオン・ニオが才能豊かなシラの妖艶な踊りを観てから囲っていたソニャを追い出したことだった。シラは実際このところ頻繁にスウェー・リオン・ニオとデートしていた。娯楽の世界は常に悪の世界と表裏一体だった。殺しを引き受ける人間を探すのは容易いことに何の不思議もなかった。仕事がうまくいっていないような時や場所ではなおさらだ。

でも、シラはソニャのことでは納得がいかなかった。彼女は人妻だった。夫のいる身でありながら隠れて妾になりすましていたことを懺悔《ざんげ》してもよさそうなのに、パトロンを奪われたといって怒るとは。張り合いたいならフェアーにやってもらいたいものだ。実際のところ、彼女は彼の子どもを堕ろしていた。スウェー・リオンが私を追い回し、男ぶりも良いのだから(夜の男はみんなそうだ)私だってその気になったっていいじゃない。

おかしな人たちだった。ほとんどの夜の人間は一人以上の恋人を持っていたが、一人でも取られると怒った。奇妙だが、みんな他人に負けたくなかった。夜の人間は感傷的で悲しがりやで、ナイーブな人たちだった。転がっているのは安っぽい恋ばかりで、本気と嘘が綯い交ぜになっていた。致し方ない。それが事実なのだ。

でも、本当はシラは違っていた。ハウルグリス芸術院の舞踊学部を優等の成績で卒業した彼女は、本来なら振付け師として成功を収めるはずだった。とても才能があったし人脈も豊かだった。ある人からは世界を回ろうと誘われたほどだった。そういうことすべてのものを辞退したことは良いとしても、安月給とはいえ役人の端くれの学校の講師くらいにはなれたのだ。彼女の母はシラが飛び抜けて素晴らしい人間になることを望んではいなかった。大切なのは、パティ県の副郡長であった母の父親、シラの祖父のようにまっとうな仕事、公務員の仕事に就くことだった。あるいは財務省のバントゥル支局の公務員であった父のようになることだった。

仮にそのようにならなかったとしても構わないが、優秀なダンサーにはなれたのではなかったか。

彼女はあらゆる踊りをマスターしていた。ジャワ舞踊、この踊りならソロ様式であれジョグジャ様式であれ彼女は踊ることができた。バリ、スンダ、ミナンカバウ、アチェ、ダヤクの舞踊やバレエも同様に見事に熟達していたし、ましてや癇癪持ちのように見える集団で踊る現代舞踊は彼女の得意とするところだった。

「ジャワの踊りは優雅でしょう、シラ。宮廷の踊り子になったらどう。王族にたくさん知り合いもいるからお願いしておこうか」と、いつも母は言っていた。しかし、どうしたことかシラはストリッパーになったのだ。ティム*ではけっして踊ることのない裸のダンサー。貴族の称号を持つ彼女の母スルティスミラにとっては、悪魔でさえ想像もできないようなハヤム・ウルク・シアターや夜の集まりでしか彼女は踊ることがなかった。しかしシラにとってはただそれだけではなかった。シラは本当に自律していて、実際、他の人とは違っていた。

夜の世界は心をからめとる不思議なとらえ所のなさがある。延々と語られる悲しい物語はシラにとって魅力的な世界だった。夜は囲い込まれた偽物で満たされていたが、そういった夜の世界こそ、いつもシラに生きているという実感を与え、本当の意味の人生を見ているような気持ちにさせた。

「どっちの方へ行ったんだ」と、殺し屋の声が再び聞こえた。

「遠くへは行っていないはずだ。まだこのあたりにいるだろう」

「おまえはそっちだ、俺はこっちだ」

小雨はもう止んでいた。夜は突然、静寂を深めていった。時折そよぐ風が霧を払う。湿った臭いが立ち上る。シラはその二人が遠く離れていくように祈った。そうすれば道を横切って、きっと行き止まりにはなっていない向かいの路地に潜り込める。ただその路地までの距離が相当に長かった。

刻々と時が刻まれる。帽子を被った男は左側へ行き、もう一人のやや背の低い男は右の方へ行った。どのくらい彼らが離れているのかシラにはわからなかった。もし気付かれずに道を渡ることができれば、明日の朝、太陽をまだ見られる可能性がある。

そして彼女はゆっくりと這った。

「いたか?」一人が叫ぶのが聞こえた。返事はない。おそらく別の男は手を振っただけなのだろう。ゆっくりと彼女はハイヒールを脱いだ。ストッキングはドブネズミに噛まれてボロボロになり、泥にまみれていた。バレリーナのようにつま先立ちで壁づたいに、音を立てずに路地の端まで行った。頭を出して覗こうとした時、小雨が再び降り始めた。

右側には確かにきょろきょろしている男の背中が見えた。しかし、左側は、ああなんてこと、その男がこっちを見ていた。シラは亀のように頭を引っ込めた。いっそ私は亀だったらと思った。男は私を見ただろうか。何も聞こえなかった。ありえない。ここは随分暗いから、きっと見えていない。でもさっきから点滅しているネオンランプがある。私を見た可能性はある。クソ、どうして死を怖がらなきゃいけないの。人はどこででも、いつでも死に得るものだ。

彼女はゆっくりゆっくりと頭をずらせて、鼻に壁の苔の柔らかさを感じながらもう一度覗いた。一ミリ一ミリと片側の顔を覗かせた。と、右の目が彼女の方へ移動する殺し屋をとらえた。きっと何かが動くのを見たに違いない。

「マン！　こっちだ、マン！」その男は、シラにも何か怪しいものを発見したと感じられるような調子で相棒を呼んだ。マンと呼ばれた男はきっと向きを変えてすぐにこっちの方へ向かってくると思われた。シラは壁に背をもたせた。彼らはすぐに私を殺すだろう。

彼女はナイトクラブ「夜の誘惑」の最後の瞬間を思い出していた。明日の昼にある人と約束があった。バーテンダーに一〇〇〇ルピアの借りがあった。さっきアラブ男が彼女の方を向いて微笑んだ。昨晩の最後の曲に、中国語で「私がどこから来たのか聞かないで」と歌っていたシルフィのことを思い出した。「黙示録」からは給料をまだもらっていなかった。ああ、はかない世界。こんな差し迫った瞬間、シラは精一杯、できるかぎり人生を味わっておこうと思った。死ぬということは何なのか、と心の中で思った。死というものは終わりのない輪廻の一部に過ぎないのではないか。死なんて放屁のようなものだ！

いつも舞台の上の彼女の腰の動きに合わせて演奏される音楽の、まるで空から響いて来るような轟音。一枚一枚と布きれを脱ぎすてていく瞬間に彼女の身体に注がれる数十の目、彼女の身体の窪みを這う欲望でギラついた目。それから…

その瞬間、彼女は神を思ったが、救いを願って祈りはしなかった。どうして困難な時にだけ神を思い出すのか。かたちばかり。だから、神に祈る必要などない。それに、死ぬ時が来ているのだとしたら、長生きしたいと祈ることに意味などない。私が祈ったりすると、神様だって笑うかもしれない。

「せっかくお前の命を奪ってやろうとしたのに、まだ生きたいというのか」と。

彼女はナイフの抜き身を見た。まるで危険を知らせるように点滅するネオンランプの光を受けて輝いていた。いつもは時々しか思い出さない神様なのに、どうして今になって涙ながらに助けを請わねばならないのか。死というものは怖れではなく、おそらく別の生への扉にすぎない。死というものは取りたてて言うほどのものではない。もう一度言っておく。取・る・に・足・ら・な・い。

その二人の殺し屋の足音はいっそう近づいた。シラは振り向き、その行き止まりの隅へ向かって走った。外へ出る方法はもうない。彼女を殺そうと競い合うようにその路地を進んでくる二人の男に向かって、彼女はそこに散らばっていた空き缶を投げつけて自分の気持ちを誤魔化そうとした。そんな状況の中でも実際にシラの心はまるで湖面のように落ち着いていた。澄みきり、修行者のように心は澄んでいた。死ぬも生きるもシラにとっては大事ではなかった。もし悔やむことがあるとしたら、それは一種のユーモアにすぎなかった。つまり、彼女の死ぬシーンはどうして緊迫感がないのか、手に汗握る追跡シーンもなく、激しい抵抗もなく、あっと思わせることもなく、特別なものがない、そういうことが悔やまれた。そして、彼女を殺すのが誰なのか。本当のところ、そのことはそれほど大事なことではなかったが、もし可能なら彼女もちょっと知りたかった。かといって、彼女を殺そうと考えそうな者のうちの誰がこの二人の殺し屋を差し向けたのか勝手に決めつける勇気はなかった。

今や二人の殺し屋は彼女の目の前にいた。二人の表情はまるで表情の無い死神のように暗かった。

彼女の心臓を突き刺すナイフの刃の冷たさを感じた時、シラは誰がこの二人に彼女を殺すように言ったのかまだ結論を出しかねていた。殺した後、彼女自身をバラバラにし、ビニール袋に詰め、ごみ箱に捨てるように言ったのは誰なのだろうか。

（一九八二年六月一八日　ジャカルタ）

【訳註】

＊　ティム（ＴＩＭ）…一九六八年にジャカルタ州政府によって設立された芸術文化センターで、正式名称は作曲家の名前を冠して「イスマイル・マルズキ公園（Taman Ismail Marzuki）ジャカルタ芸術センター」という。Taman Ismail Marzuki の頭文字からＴＩＭの略称で知られる。複数の劇場施設、ギャラリー、図書館、映画館等があり、現在も文化活動の中心的役割を担っている。

4　殺しのクロンチョン

Keroncong Pembunuhan（著作リスト2に収録）森山幹弘訳

「あるストリッパーの死」と同様に、サスペンス映画の手法を使った作品。意図的に娯楽映画などの「大衆文化」のモチーフを利用することがセノの特徴の一つであり、この作品はその代表例の一つである。ただ、クロンチョンは哀愁や郷愁のイメージを持つ音楽でありゆったりとした曲調のものが多く、謂わばサスペンスの対局にある。それを結びつけたところに作者の創意がある。

ジョグジャの町に夜が訪れる
私が乗る列車が到着するとき

今夜一人の男を殺さねばならないというのに、そのクロンチョン*の歌が俺の眠気を誘う。年寄りたちは実にクロンチョンの歌が好きだ。昔日を思い出させるからだろう。

下に見えるプールの周りに人が集まっていたが、熱心にクロンチョンの歌を聞いている者は多くないようだった。それぞれに喋り、時折、人々の間からどよめきと笑いが起こった。

みんなが年寄りというわけではなく、若い女性も多かった。少なくともそれは俺の関心を引いた。銃の照準器を通して一人一人を観察していた俺は、まるで俺自身が彼らと一緒にいるように感じた。盛大なパーティー。山羊の丸焼き。ふむ。

照準器の十字が動き続ける。ときどき一人の額でとまり、そしてその人物を追う。もし俺の人さし指に力を入れれば、間違いなくその額には穴が開くだろう。そしてその男の体は崩れる。木が切り倒されるようにゆっくりとくずおれるかもしれない。一瞬にして笑っている人々の群れを混乱に陥れ、給仕が持って回っている盆にグラスをぶちまけるかもしれない。もしその体が大きな音をたててプールにひっくり返るならきっともっと面白いことになるだろう。水しぶきが客たちの服を濡らしプールの水はたちまち血で赤く染まる。そして女たちは「キャー」と叫ぶ。

しかし、俺はまだ殺さなければならない男を見つけてはいなかった。実際、まだ時間になっていなかった。あと暫くしたらやってくるだろう。それに実際、俺が苦労して探す必要はなかった。俺の耳に装着している通信機がその男を教えてくれることになっていた。

「準備はできてる？」ヘッドホンから美しい声が聞こえた。

「さっきからできてるさ。どいつなんだ」

「焦らないで、もう少しよ」

このホテルの七階のテラスから俺は照準器を覗いていた。湿った海風が唇に塩辛かった。標的を待ちながら暇つぶしに、俺に話しかける声の主を探した。照準器を通してさまざまな顔を見ていった。ゴージャスなナイトドレスを身に纏った女たち。背中が開いている者もいた。とても美しい。俺に命令する優しい声の持ち主の女性もきっと美しいに違いない。このような殺人に女性がかかわっているとは思いもよらなかった。

「誰が標的なんだ」と、先週この狙撃を彼女が依頼してきたときに、俺は聞いた。そのように電話でやり取りするだけだと、もちろん顔は想像するしかなかった。

「知る必要はないわ。それも契約の一部よ」

実際、この種の契約はしばしばそうだった。俺は撃つことだけに雇われ、標的が誰なのかは俺が関知することではなかった。

「ただ一つだけ知っておくといいわ」

「何だ」

「その男は裏切り者よ」

「裏切り者?」

「そうよ、民族と国家の裏切り者」

ということで、俺の標的は民族と国家の裏切り者らしい。その男を撃ったら、俺も英雄に数えられるのだろうか。再び銃を動かした。照準器を通して、次から次へと到着し、数を増していく人々を観察した。下にいる人の顔を見るたびに、何かしっくりこないものを感じていた。

実際に、彼らは善人の顔つきをしていて、何がしっくりこないのかわからなかった。俺が大嫌いな制服を着ている者が多いからなのか。あるいはただ俺の思い過ごしなのか。だが誓って言えるのは、今回の犠牲者が吐き気のするような人物であれば、俺としては申し分ないってことだ。民族と国家の裏切り者はきっと相当に嫌な奴に違いない。

再び俺は銃をずらしていった。人に知られず他人の行ないを覗くというのは愉快な気分だった。

一組の目

窓の裏側の

クロンチョンの歌はまだ終わらない。長すぎる。下の人々と同じように俺も熱心に聴く必要などない。今ではクロンチョン音楽は博物館行きだ。クロンチョンの作曲家たちは発展させる才能を欠いていた。優しい声の持ち主の女性はどこにいるのだろう。

あちこちで人は食べ物をほおばり、飲み物をすすり、微笑み、笑っていた。盛んに手を動かしながら喋るのに忙しい夫の側でぎこちなく立っている婦人たち。顔つきから役人らしく見える紳士たちは礼儀作法で本性を隠していたけれど、貪欲に食べていた。私服姿の警官たちが無線機をもって行き来しているのが見えた。どうやらこの海岸にあるホテルのプールサイドの山羊のバーベキュー・パーティーにはお偉方が出席しているようだ。

夜空は晴れ渡り、空には星が一杯だった。月も満月だった。疲れてきたので銃を置いた。部屋の中へ入りテーブルからナッツをとった。テレビをつけた。が、すぐに消した。テレビ番組はいつもつまらない。このホテルの部屋は静かすぎる気がした。すぐに標的を撃って家に帰り、一杯のビールを飲みたかった。

「ねえ、そこにいるの」突然、女の声が聞こえた。

「遊んでないで！　持ち場にいないのはわかっているのよ！」

俺は急いでテラスに戻った。

「どうなんだ。奴は来たのか」

「赤いバティックを着ているわ。たまたまここで赤い服を着ているのは彼だけ、あなたは仕事がしやすいわ」

俺は下を見た。彼らは小さな生き物の群れのようで、もちろんこの七階から赤いバティックを着た奴がどいつなのかはっきりとは見えなかった。ふたたび銃を持ち上げた。撃ちやすい姿勢をとった。ナッツを食べながら照準器を再び覗いた。十字を顔から顔へと再び動かしていった。彼らはまだ笑い、微笑んでいた。俺も笑っていた。暫くするとお前たちの顔は恥も外聞もなく恐怖に襲われるだろう。俺はお前たちをここから思うがままに撃つことができる。でもそれはやらない。俺は契約に基づいて仕事をするだけだ。

「奴はどっち側だ」顎の下にぶら下がったマイクを通して聞いた。

「プールの南側の隅よ、緑のパラソルの近く」

右へ銃をずらした。脂ぎり、てかった顔をやり過ごした。美しい女たちも仕方なくやり過ごした。そして、そう、あれが奴だ、赤いバティックのシャツを着た男。

その顔は整っていて威厳があった。中年になっていたが、衰えた感じではない。髪は後ろに撫で付けられていた。意味なく笑ったり微笑んだりしていない。人々は敬意を表して彼を取り囲んでいた。へつらい顔の者もいた。照準器の十字は彼の目のちょうど真ん中で止まった。

「今、やらなきゃならないのか」

「まだよ、指令を待って」

俺はその顔を観察した。彼は予感がするのだろうか。この照準器の中では、顔は実際に向き合ったときとは違ったそれぞれの個性を表すものだ。彼は饒舌ではないが、多くの質問に答えなければならない様子だった。とても注意深く答えていると俺は感じた。その表情は嫌みのない礼儀正しさを湛えていた。彼を撃ったら何が起こるだろう。フィリピンのニノイ・アキノの死を思い出した。

だが俺には政治はわからない。だから、その穴が開くだろう顔を見つめながら別のことを考えた。おそらく男には妻と子どもがいるだろう。孫がいたっておかしくない。その男の死の知らせを聞いて彼らは泣くだろう。そして、その死に方を知った時に泣き方はいっそう激しくなる。構うものか。奴は民族と国家の裏切り者ではないか。裁きを受けて当然なのだ。

射撃の指令を待って俺はやや緊張していた。それが契約で仕事をするときのいつもの煩わしさだ。自分の思いどおりにはできない。最も致命的な場所に銃の照準器の十字を持っていき、それから引き金を引くことで俺は報酬を得ていた。俺は人を殺すのではなく、ただ狙いを定め引き金を引くのだといつも自分に言い聞かせていた。

もう一度その顔をじっと見た、かなり近くに感じたばかりか毛穴さえはっきりと見えた。俺はまるで運命の影を見つめているようだった。本当にその男の人生を止めてしまうのは俺なのか、それとも全能なる神なのか。死神が首筋を撫でていることなどその男はまったく気付いていなかった。

「どうする。今か?」

「指令を待ってと言ったはずよ」

クソ、女め、プロの殺し屋を怒鳴りつけるとは本当に良い度胸だ。俺の腕は突然独りでに銃をずらしていた。第六感で多くの人間の群れの中でその女を俺は探した。美しい顔が照準器を代わる代わる埋めていく。女に喋らせるのに誘いをかけねばならなかった。

「今さら何の指令を待つんだ」
「知る必要はないわ、待てばいいのよ」
「そんなのは契約にはなかったぜ」
「あったわ、ふざけないでよ」

絹の肩掛
貴男からの贈り物

参るぜ！　またクロンチョンの歌が俺の耳にはっきりと聞こえた。女はバンドの近くにいるに違いない。バンドのあたりを探した。照準器は膨らんだクロンチョンの歌手の胸に立ち寄った。いくつか人の群れがあった。俺の耳にコップと皿の触れる音が聞こえた。たぶんバンドの後ろのビュッフェのテーブルの近くだ。何人かの女性と私服に身を包んだ警官たち。どれだ。女を一人ずつ観察した。そのうちの何人かは明らかにケータリング会社の従業員だった。ボス然とした女が一人いた。たぶんこの女だろう。髪はストレートで黒く、額に前髪を垂らしたボブだった。目は鋭く赤いバティックシャツの男の方を見つめていた。
「奴を撃つのは今よ」俺のヘッドホンの中でゆっくり声がした。果たしてその女は照準器の中で喋っていた。どうやら彼女のようだ。その女はイヤリングを使って聞き、ペンダントに隠したマイクを通して俺に話しかけていた。美しいペンダントが華奢な胸元に飾られていた。

「何だって?」本当に彼女がその女なのか確かめるためにもう一度聞いた。

「撃つのは今よ!」

このようにしてすべての殺人が行なわれるのだ。始まりも終わりもない鎖の輪のようなものだ。この女ももちろん単に鎖の輪の一つにすぎなかった。俺は標的に銃を移した。その中年の男は我慢強く目の前の男の話を聞いているところだった。話している相手は興奮していているように見えたが、その男は巻き込まれまいとして自制しているようだった。周囲に目をやりながら何度も頷いていた。聞いている者がいないか心配しているようだった。

俺はもう撃つ準備はできていた。その男の人生を終わらせるにはただ人さし指に力を入れさえすればよかった。照準器の十字をちょっと横へずらして、顔の弾痕がシンメトリーになりすぎないようにした。弾は左目を貫通するだろう。そして俺はその男の目を見つめた。ああ、なんてことだ。本当にこの男は裏切り者なのだろうか。

「間違ってないか。奴は本当に裏切者なのか」

「質問は無用よ、さあ撃ちなさい!」俺はもう一度目を見た、どんな裏切者だというのか。

「どんな裏切者なんだ。どうして裁判にかけられないんだ」

「あなたに何の関係があるっていうの。このバカ。さあ奴を撃ちなさい、でなけりゃ契約を破棄するわよ」

突然、奇妙な感情が俺を突き動かした。俺はその女に銃を向けたのだ。

「俺の銃はあんたにむいてるぜ、お嬢さん」と冷たく言った。

「何言ってんの」照準器の中で女の顔が驚いて俺の方を見上げるのが見えた。

「言えよ」と俺は再び言った。「その男の過ちは何なんだ」

「さあ彼を撃ちなさい、このバカ！　じゃなきゃ、あなたが死ぬことになるわよ」

「今すぐ死ぬのはあんたの方だよ」

「ウソよ！　私がどこにいるかわかるもんですか」

「あんたはスリットのはいったチャイナドレスを着て、バンドの後ろにいるよ」

彼女の顔が青ざめるのが見えた。

「契約違反よ」

「過ちを犯していない人間を撃ちたくないんだ」

「それはあなたには関係ないことよ。去年、多くの過ちを犯していない人間を撃ったじゃないの」

「それは俺自身の問題だ。早くその男の過ちが何なのか言えよ」

その女は逃げようという気配を見せた。

「逃げるなよ、意味ないぜ。あんたを撃ったのが誰か知るものはいない。この銃には消音機が付いているんだ。俺の狙撃は外れたことがないのは知ってるだろ、俺はすぐに消えるさ」

女の顔は上を、俺の方を見つめていた。冷や汗をかいている。混乱している。

「何が望みなの」

「奴の過ちを言えよ」

「裏切者よ、あいつは外国で我々の民族と国家の名を汚したわ」

「それだけか」

「あいつは間違ったことを言って社会を混乱させたのよ」

「それから」

「何が望みなの。私は多くは知らないわ」

「そういうことすべてが殺すに十分な理由かどうか知りたいんだ」

「あなたには関係ないわ。これは政治よ」

「俺に関係があるのはあんたのペンダントだよ、お嬢さん。俺の弾で粉々になるさ、そして弾はそこで止まりはしない」

顔が再び哀願するような表情で俺の方を見つめた。

「私を撃たないで。何も知らないの」

「誰があんたに命令したんだ」

「私は何も知らないわ」

「お嬢さん、ペンダントが…」

「やめて、撃たないで、お願いだから…」

「誰なんだ」

「私…大変なことになるわ」

「今だって大変なことになるぜ。三つ数えよう。ひとつ…」

「とんでもない、すべてが無茶苦茶になってしまう」

「ふたつ…」女はうろたえていた。

「あんたが撃たなきゃならない男の前にいるわ」

「眼鏡をかけている奴か」

「ええ」

俺はそこへ銃を向けた。そしてその男を見た。熱弁を奮っているところだった。手があちこちに動き、握りしめ、一方の手の掌を何度も拳で叩いていた。顔はずるそうで狡猾に見えた。吐き気がする。年老いているにもかかわらず。

その男の心臓に照準器の十字を合わせた。俺の耳にはクロンチョンの曲をまた歌い始めた歌手の声が小さく響いていた。それは年寄りの好きな曲だった。きっと彼らに過ぎ去った時代を思い出させることだろう。

これこそまぼろしのクロンチョン

【訳註】

＊　クロンチョン（keroncong）…ポルトガル人などの移民によって創作された音楽ジャンルで、一九世紀末から二〇世紀の初めにバタヴィアなどの植民地都市を中心に流行した。弦楽器を主としてゆったりと演奏される歌つきの楽曲は哀愁を帯びたものが多く、現在も年配者を中心にして愛好者がいる。

5　地上最後のベチャ（あるいはランボー）

Becak Terakhir di Dunia（*atawa Rambo*）（著作リスト2に収録）柏村彰夫訳

この作品も追跡シーンは映画を踏まえている。なによりも主人公は映画の人物を借用している。ベチャの禁止は州政府によるもので、権力による庶民への迫害を描いたものと表層では読めるが、マスメディアを先兵とする公衆（中間層）の権力との共犯関係を描いたものとも読める。

「滅びのお話が聞きたいわ」とアリナが語り部に言った。

そこで、語り部はランボーの話を始めた。

天空群青に輝き、夕映え町を覆う頃、何千ものベチャ[*1]を積んだ何百ものトラックの隊列が町を抜け、砂漠を疾駆しておりました。巨大な竜のごとき隊列の黒き影の後から、砂塵が舞い上がり、何千ものベチャを積んだトラックの隊列が、町から途切れることなく続いているのでした。猛烈なる音曲が運転手の耳に響いています。何百ものトラック運転手は、ウォークマンをしておりました。何百ものウォークマンが砂漠の音楽、アラブの歌を響かせておりました。

何百ものトラックは砂漠を疾走して行きます。乱雑に積み込まれたベチャが荷台で揺れ、車輪がカラカラと回っておりました。砂塵はいよいよ長く棚引き、暮れなずむ夕空に高く舞い上がります。何百ものトラックは、一直線に進みます。何千もの人々が道端にしゃがみ込み、虚ろな目で隊列を見送っております。時に、何を求めてか、その手が伸ばされます。時に、その口から弱々しい嘆きがもれます。けれど、運転手たちはアクセルを深々と踏み込みます。脇目も振らず、ひたすら前方を注視しています。そして耳には、崇高なる砂漠の音楽が鳴り響いているのでした。大いなる音量で。

何百ものトラックは海岸に向かいます。激しく打ち寄せ砕ける波は、海神が飢えているかのようです。何百ものトラックは海岸に着きました。波が砕け、風が叫んでおります。何百ものトラックは、海に背を向けて並びました。何百もの荷台が一斉にせり上がり、何千ものベチャが、何百もの荷船に移されました。何百もの荷船は、何千ものベチャを積み、大波の中を進みます。沖合で、何百もの荷船は一斉に何千ものベチャを海中に投げ棄てます。何千ものベチャが、海中に雪崩れ込み、魚たちを蹴散らします。ほどなく、ベチャは化石となりました。

珊瑚の丘に一人の男がすっくと立ち、その光景を見つめておりました。その姿は、夕空を背に影となって浮かんでいます。彫像のようにすっくと立ち、何千ものベチャを吐き出す何百もの荷船を見つめます。荷船が海岸に戻り、棚引く砂塵を残しながらトラックが町へ帰って行くまでを見つめておりました。男のシルエットの横には、一台のベチャらしき影が見えておりました。

夜になり、男はベチャに乗り、丘を降りた。丘のふもとで、一人の女が手を振って呼び止めた。ベチャは止まった。

「市場まで、幾ら?」

「五〇〇」

「二〇〇でどう?」

「乗りな」

ベチャは、すぐに、光り輝く町へと向かって砂漠を疾走し始めた。途中、先ほどから虚ろな目でしゃがみ込んでいた何千もの人々を追い越していった。

「おい、ランボー」人々は、ベチャを見て叫んだ。

「何だ？」

「気を付けろよ」

「なぜ？」

「注意しな。お前のが、地上で最後のベチャなんだ」

「分かってる」

そう、彼こそがベチャ引きのランボーだ。並外れた屈強な体つき。ハンサムではあるが、少し鈍そうな顔つき。彼は、猛然とベチャを漕いだ。少し伸びた髪が風になびく。バンダナのすそもなびく。天空からマレーの歌が聞こえてきた。

おいらの馬は雄々しく走る…

ランボーは、並のベチャ引きではなかった。彼の乗るベチャも、ただのベチャではなかった。そのベチャの名をクンチャナ号といった。このベチャで、パリ・ダカール間のラリーのベチャ部門で優勝したことがある。このベチャで、既に世界を三周もしているのだ。ベチャを使った綱渡りの曲芸で巡回サーカス団に参加したこともある。前の二輪を浮かせ、後ろの一輪だけで綱を渡ることができるのだ。他にも様々な曲芸ができた。

クンチャナ号は、今、町に向かって走っていた。ランボーの全身から汗が滴る。ランニングシャツはびしょ濡れだった。履いている海水パンツまでが濡れていた。時折、首に巻いたタオルで顔を拭う。バスケットシューズを履いた足は、止まることなくペダルを漕ぎ続けた。乗客の女は、悠然としている。足をぶらぶらさせ、ずっと髪をいじっていた。

疾風のように、クンチャナ号は、町の入り口を示す門をくぐり抜けた。アーマライトやカラシニコフのライフルで武装した警官たちは、考え事をしていて不意を突かれた。一人の警官が発砲したが、当たらなかった。

「どういうことだ！　まだベチャが残ってるなんて！」

「あいつが、たった一台、狩り込みから逃げたベチャだ！」

「本部に報告しろ、早く！」

一瞬のうちに、町中騒然となった。サイレンが鳴り響き、ただ一台徘徊するベチャを追って、即座に何台ものパトカーが回転灯を光らせて道路に飛び出してきた。

ランボーは、道行く車の隙間を縫いながら疾駆した。車に乗っている者や、歩道にいた人々は呆然とその光景を見送った。

「見ろよ！　クンチャナ号は、捕まってなかったんだ！」

「あれは、ランボーだ！」

巨大なネオン広告の光を受けて、ランボーの汗が輝いている。

「どこの市場だ？」行き交う車の騒音の中でランボーが叫んだ。

「まだ先よ！」

「どこだい？」

「世界の果てよ！」と言って女は笑い続けた。どういう意味か計りかねている間に、パトカーのサイレンが近付いてきた。目の前に走りこんできたパトカーが急ブレーキを掛けて、進路を塞いだ。ランボーは、軽く躱して、路地へと曲がった。幾つかの路地を通り抜け、再び大通りに出た。

すべての大通りには、トランシーバーを持った警官たちがいて、クンチャナ号が通過すると即座に報告した。

「ランボー、一番街を通過！」

「クンチャナ号、二番街を通過！」

郊外へ通じる道路はすべて閉鎖されたが、ランボーは、うまく擦り抜けることができた。時には、パトカーの上を飛び越えもした。その間も、乗客の女は髪をいじりながら笑っていた。

町中のほとんどの警官が動員された。道路はサイレンの音に満たされた。交通は大混乱となった。ランボーは、曲芸のようにベチャを走らせ続けた。クンチャナ号は様々な格好で疾駆し続けた。時に前傾して前の二輪だけで走行し、また時には後ろの一輪だけで走った。要所では、テレビ局のカメラがランボーの戦いを記録していた。あるテレビ局のレポーターが次のようにコメントしていた。

「これは凄い！　三〇〇〇人以上の警官が地上最後のベチャを追跡しています！　しかし、ランボーの運転するクンチャナ号は、まだ捕まっていません！　警官よりもランボーの方が、町の道という道をよく知っているようです！　疾走しています！　激走です！　爆走です！　行き止まりから、別の行き止まりへ、魔物のように走ってます！　路地から路地へ！　橋から橋へ！　ご覧下さい！　画面にご注目下さい！　一人のベチャ引きが、三〇〇〇人の警官に追われているのです。まさに歴史的瞬間です！　今、私たちは、地上で最強かつ最後のベチャ引きが漕ぐ、地上最後のベチャの運命を目の当たりにしているのです」

テレビ画面には、ランボーの姿が流れ続けた。カメラマンたちも、すばしこさでは負けていない。ランボーの一挙一動を逃すことなく捉えていた。レポーターたちは、交互に彼らが目の当たりにしていることをレポートし続けた。

「視聴者の皆さん、ご覧下さい、真珠のようなランボーの飛び散る汗を！　彼は肩で息をしています！　憂いを帯びたその顔は、心中に怒りを秘めているのです！　彼は、ベチャを漕ぎ続けています！　その目はカッと見開かれています！　おーっと！　お茶の間の皆さん、あの目をご覧下さい！　復讐に燃えた目だ！　これまで果たせなかった復讐だ！　皆さん、こんな目をしたベチャ引きが今までいたでしょうか！　普通、ベチャ引きは、無力で無気力で諦念に満ちた目をしているのではないでしょうか！　しかし、この目はどうだ！　全国の視聴者の皆さん、ランボーのこの目は、ベチャを奪い取られた世界中のベチャ引きの感情を代表しているのではないでしょうか！」

ランボーは、依然ベチャを漕ぎ続けていた。警察の追跡を振り切りつつあった。パトカーが通れないスラム地区に入った。バイクなら追跡可能なのだが、その多くが大通りの追跡劇の際に横転し壊れてしまっていた。ランボーは、バイクを一台また一台と下水溝へと突き落としていったのだ。しかし生き残ったバイクも、この地区へ入るのを恐れた。誰かに後ろから頭を叩き割られるかもしれないのだ。カメラマンたちも、高価な機材のことを思うと、入っていくのを躊躇った。それで、彼らは高層ビルに昇り、そこから撮影することにした。

ランボーがゆっくりとベチャを漕いでいるのが、ビルの上から見えた。道の突き当たりで、石油ランプの光に照らされて、一群の人々がダンドゥットのリズムに合わせて踊っているのが見える。

「ここでいいわ、降ろしてちょうだい」ずっと髪をいじっていた女が言った。

「ここが、世界の果てなのか？」

その女は笑っただけだ。「あたしんとこで、寝ればいいわ」とランボーの手を引きながら言った。

彼は、言われるままにした。二人は、闇に消えた。

「彼らは、暗闇に消えてしまいました。お茶の間の皆さん、ランボーと乗客の女性は、ある小屋の中へと姿を消しました。私のいる場所からは、売春婦が使うような掘っ立て小屋の前に停められたクンチャナ号が見えるだけです。お茶の間の皆さん、この暗黒地帯では、ランボーのことに関心を持つ人間はいません。彼らは三〇〇〇人の警官がクンチャナ号を追跡中であることにも、関心がないのです。彼ら自身が、日常的に追い払われたり、取り締まられたり、逮捕されたりしているのです。彼らは、…」

テレビのレポーターは中継を続けていた。一方、このスラム地区の周囲に一人また一人と兵士が忍び寄ってきた。兵士たちはM16ライフルを手に、匍匐前進してきたのである。バズーカ砲を持っている兵士も何人かいた。小屋の中では、二人が話をしていた。

「あたし、売春婦なの。警察に引っ張られるのなんて、いつものことよ。あたしたち、似た者同士ね」

「売春婦を一人残らず引っ張るなんてできないだろ。ベチャとは違う。俺のベチャは、ただ一台生き残ったベチャなんだ。世界で最後の売春婦なんてことは、ありえないだろ。あんたの方が、運が良い……」

「もう、よしましょう、ランボー」と若い売春婦は、ランボーの顔の汗を拭きながら言った。彼女は、ベチャ引きの顔を引き寄せ、口づけをした。そして、二人は愛し合った。

一条の光が、小屋の外に止めてあるクンチャナ号を照らしていた。クンチャナ号の車輪は鎖で柱に繋がれていた。

「全国の視聴者の皆さん」レポーターは囁くような小声で言った。「ランボーを急襲するために、一個大隊が動員されました。何と言っても、地上最後のベチャを取り逃せば、当局の威信に関わります。ベチャの一掃に失敗したという屈辱に加え、この近代国家にいまだベチャが存在するという恥辱を被ることになります。ランボーは射殺に値する罪を犯したのです。もちろん、ベチャ引きたちは新しい職を見つけていません。しかしながら、清潔な都市の外見、ベチャのない美しい道路の方が重要なのです。わが国は、発展を続けているのではないでしょうか？　視聴者の皆さん。事態は緊迫してまいりました。先ほどランボーと女性が入っていった非常に質素な小屋は完全に包囲されました。かすかにダンドゥットの音が聞こえてきます。テレビ画面から、銃を手に匍匐前進する兵士たちの姿がご覧になれるでしょう。しかし、突き当たりで踊っている連中は、無関心です。さて、皆さん、この作戦の指揮官が拡声器で呼びかけようとしています…」

「ランボー！　降伏しろ！　お前は包囲されている。もう逃げられんぞ！　ベチャを引き渡せ！」

静寂。返答は無い。夜の闇が暗さを増した。

「おとなしく降伏するなら、お前に仕事を与えよう！　もうベチャを漕がなくていいんだぞ！」

静寂が続く。ドブでネズミの鳴く声がした。

「お前にバジャイ*2をやろう！　バジャイのクンチャナ号はどうだ！」

小屋の中から女の笑い声が聞こえた。

「ふん、ベチャ引きたちに、何台のバジャイを用意してんのさ？」と女が叫び嘲笑を続けた。

「ランボー、貴様はくずだ！　しかたない！　残念だ。お前に同情していたのだが、任務は遂行しなければならん！　攻撃用意！一…、二…」

突然、掘っ立て小屋の戸が開いた。

「待った！　降参だ！」ランボーが両手を挙げて言った。その顔は、普通のベチャ引きのように無力で無気力で諦念に満ちた目をしていた。彼の後ろから、売春婦も恥ずかしそうに出てきた。

「なんということでしょう！　視聴者の皆さん！　我々の英雄が降伏してしまいました！　我々の抵抗のシンボルが降伏したのです！まさに、恥ずべき事だ！　起こってはならない事だ！　だめだ！　ランボー！　降伏するな！　男らしく死ね！　英雄として死ぬんだ！」テレビのレポーターはビルの屋上から叫び続けた。各家庭でテレビを見ていた視聴者たちも叫び続けた。町中が、騒然となった。

「ランボー、恥を知れ！」

「ランボー、このくず野郎！」

「抵抗のシンボルがなくなっちまう！」

「自分で抵抗するのは怖いんだ！」

「ランボー！　くそったれが、幾らで買収されたんだ！」

テレビを蹴りつけ、放り投げて壊してしまう者も大勢いた。

「それじゃ、降伏するというんだな？」指揮官が確かめた。ランボーは両手を上げたまま、一歩踏み出した。

「ああ、降参だ。俺は、英雄じゃない。英雄になりたかない。死ぬのが怖くて、飯を食わなきゃならないただのベチャ引きだ…」

指揮官は一瞬の間微笑んだ。だがしかし、突然、叫んだ「撃てェ！」

「もういい！　もうやめて！」とアリナは叫んだ。「続きは聞かなくても分かるわ！　でも、どうしてこんな結末なのよ？」

「このように時代は変わるのじゃ。恐竜が滅び、アパッチが滅び、ベチャもまた滅び…」

「もちろん、時代は変わるわ。でも、どうして私たちも変わらなきゃいけないの？」

語り部は答えなかった。ただ、にやりと笑った。その顔は微笑みを浮かべた仏像に似ていた。

(一九八六年二月　ジャカルタ)

【訳註】

＊1　ベチャ(becak)…前部二輪、後部一輪の三輪人力車。前部に乗客二名分の座席があり、後部に運転手が座りペダルをこぐ。ジョクジャカルタなどでは現在も日常生活に定着した乗り物である。首都ジャカルタでは一九八〇年代に州政府により運行禁止となったが、現在でもジャカルタ東北部港湾地域で見ることができる。

＊2　バジャイ(bajaj)…主としてジャカルタで営業している二気筒エンジンで走る三輪タクシー。名称はインドのバジャージ・オートに由来する。前部一輪、後部二輪で、後部に乗客用の二名分の座席がある。

6　閣下、血ハ赤クアリマス

Darah Itu Merah, Jenderal（著作リスト3に収録）柏村彰夫訳

原註にある雑誌のインタビューは、ダディン・カルブアディ（Dading Kalbuadi）退役陸軍中将に対するもの。作品中にある記者とのやりとりは、この記事からそのまま引用されている。この雑誌はセノが編集長を務めていた雑誌である。ダディンは陸軍特殊部隊のキャリアが長く、後に国軍司令官になったムルダニ（L. B. Moerdani）の盟友。共に東ティモール侵攻作戦を主導し、その後長らく占領作戦の責任者の地位にあった。ムルダニが国軍司令官時に国軍総務参謀総長となり、その後国防治安省監査総監を務めた。

この作品のように、報道記事やインタビューを作品中にはめ込むのもセノの特徴の一つである。理由を問うと、報道はすぐ忘れ去られるが、文学作品に取り込むことで永く留めることができるとセノ本人が語ったことがある。

引退した一人の将軍が、輝かしい過去を思い返していた。彼は、青い水を湛えたプールのサイドに置かれたデッキチェアの上で足を伸ばしていた。がっしりした体からは、まだ水が滴っている。パラソルの下のテーブルからフルーツポンチを取り、一息に飲み干し、それからサングラスを掛け、将軍は日光浴を始めた。

「もう、撃たれる心配はないわけだ」彼は心の中で独り言を呟いた。

無論、撃たれる恐れなどありはしない。自分の屋敷に居るのだ。広大な敷地と高い塀を備えた屋敷は、高級住宅街の一角にあった。そこは、誰でもが簡単に出入りできるような場所ではなかった。辻ごとに検問所があり、ガードマンが警備していた。それに、たとえ有刺鉄線とガラス片を埋め込んだ塀を乗り越えるような忍者がいたとしても、真の武人としての本能を持った将軍が銃を手に待ち構えていることになっただろう。五〇メートル先の的に命中させることは、彼にはそれほど大したことではなかった。

彼は、かつて泥棒を撃って新聞に載ったことがある。泥棒の足を撃ったのだ。

「盗人の足を撃っただけで、新聞ざたか」その時に彼は思ったものだ。「戦の有様を知ったら、奴ら、何とするかな?」

しかし、同僚と同じように、彼も回想録、すなわち人生の闘争に関する思い出を執筆中であり、戦場で彼がどのように戦ったかは、やがて周知のこととなるだろう。

「人生は戦いだ」と、ある時、記者にそう答えた。「そして、真の武人の戦いとは、生死を賭けた戦いなのだ」

――あなたのかつての部下の多くが、現在政府の高官になっていますが、あなたはそうではない。不満はありませんか?

「なぜかね? 世の中とはそういうものじゃないか。嫉むべきだとでも?」

――ご子息は、ビジネスの世界へ?

「軍人になった者はおらん。皆、民間だ。小さな会社をやっている。私は退役したので、便宜を図ってやることもできん」

――高官になっているかつての部下のコネを使うことは、ないのですか?

「恥ずかしいじゃないか。向こうが援助してくれるなら別だが、自分から頼むのはな。誰でもやっているが、私はそうじゃない。無論、一人や二人、協力してくれた者はいたが。だが、わずかなもんだ。人間などというものは薄情なもので、何か恵んで貰おうと私の後をうろちょろしていたくせに、今では知らぬ顔の奴もいる。一人前になったら、自分たちのことだけだ。そんなもんだ」

――現役のころは、口利き料も多かったのでは?

「口利き料ではなく、ギブ・アンド・テイクというやつだよ。『おいしい』ポストというわけでもない。私がコミッションを決めるのなら、そりゃおいしいだろうし、よろしくない行為と言える。しかし、くれるというものは仕方がない。神の恵みというものだ。神に賭けて誓うが、私は強要したことなど一度もない。だが、ゴルフクラブをくれるというなら、そりゃ受け取る。はっきり言って。正直、そんな事をしたことのない高官などおらんよ。役人はそうして金持ちになる。給料は安いがチップが莫大ってわけだ」

――当時、あなたへのチップも、相当な額だった？

「まあ、正直に言うと、そうだ。この家も車も、貰いものだ。恥ずかしいとは思わないがね。『この車は、仕事を頂いたお礼です』と言って来る者がいるわけだ。私は、受け取るよ。恥ずかしいとは思わんね*」

体はもう乾いていた。『インターナショナル・ヘラルド・トリビューン』紙を手に取り、すぐに読み始めたが、一切れのチーズを反芻しているような気分がした。将軍は野戦の軍人であり、政治には興味がなかったし、行政職には向かなかった。

「武人は、現場で鍛えられるのだ」と語ったことがある。「机の前ではない」

確かに、彼の人生は戦場にあった。十代のころから独立戦争に参加して戦っていた。独立戦争が終了する前に軍隊に入った。反乱事件がある度に、鎮圧作戦に参加してきた。彼は、ほとんどすべての作戦に参加してきた。あらゆる任務を常に完遂してきたからだ。

ある鎮圧作戦で、彼の部隊がバズーカ砲の攻撃を受けたことがある。頭に砲弾の破片が当たった。

「死にかけたが、結局死に損ねたよ」

一年間、入院生活を送ったが、退屈極まりなかった。今も右のこめかみに残る傷跡は、輝かしい勲章のようなものだ。誰もが傷跡を誇れるわけではない。この退役将軍は、戦場で得た傷跡を誇りに思っていた。軍人ほど尊い職業はない、と常日頃思っていた。軍人になるということは、生命を捧げることであり、それゆえに軍人は尊いのであると考えていた。軍人とは、単なる職業以上のものなのだ。

「ふあああ」

大きなあくびを一つして、将軍は、読んでいた新聞を放り出した。

「また、このニュースか！　またか！」

ずいぶん前から、この手のニュースには嫌気がさしていた。

奴らは生命を賭けるということがどういうことか分かっているのか、知らない土地で敵に包囲された時の気持ち、容赦なく攻撃される時の気持ちが分かるとでも言うのか。

「あそこは、何千もの命と引き換えに奪い取ったものなのだ。それを、今さら返せとでも言うのか？」

新聞や記者、紙やペン、そんなものは、飛び交う銃弾の中での行動とは比較にならない下らないものだ。ずいぶん前から、腹立たしく思っていた。記者を、外交官を、政治家を、学生たちを腹立たしく思っていた。

「奴らに何が分かる？　無駄口たたいているだけだ！　兵士の遺族、手や足を失った傷痍軍人の何が分かる？　滅私の戦いを抑圧と呼んで侮蔑するが、その戦いの何を知っていると言うのか？　侮辱も甚だしい！　あの土地を特別扱いし、他の地方よりも重点的に開発を実施しているのに、植民地支配などと言われる始末だ！　民族の殲滅とは何たる言い草だ！　一体全体、どうなっているんだ」

将軍は立ち上がり、勢い良くプールに飛び込んだ。頭を冷やそうとするかのように。魚のように、時には潜水も交えて、何往復も泳いだ。心の平安を、退役将軍である自分の心の平安を乱すようなすべての問題を追い払ってしまいたかった。彼には、血と涙の犠牲が、過ちだとされる理由が、どうしても分からなかった。回想録ですべてのことを明らかにしてやろう、と心の中で呟いた。軍人の人生は、戦い、戦い、そして戦いのみであるということを言いたかった。空が突然黒雲に覆われ始めた時も、将軍は泳いでいた。雲が厚みを増し、やがて雨粒が落ちてきた。初めは小雨だったが、すぐに天から噴き出すかのような豪雨となった。しかし、将軍は気にしなかった。雨の中を泳ぎ続けていた。水中に潜り、再び水面に出た時、最近怒りっぽくなっていたこと、それはする事がないからだということに気が付いた。正確に言うと、もはや戦闘がないからだった。戦闘のない人生とは、なんと寂しいものか。だから、彼はひたすら水泳をし、デッキチェアで日光浴をし、時には、戦場で共に戦った戦友たちからの電話を受けたりしながら、またひたすら泳いでいるのだった。

戦場の銃弾の音を思い起こさせる豪雨の中を、彼は泳いでいる。あまりに長く危機的状況に身を置きすぎたため、緊張感の中でのみ生きている実感が得られ、危険の中でのみ落ち着いていられた。生の充足感は、敵を倒した際にのみ得られた。幸いなことに、歴史は彼に勝者の役割を与えてきた。雨の中、彼は泳ぎ、雨の中、これまで経てきた数多の戦闘に思いを馳せていた。いずれにせよ、彼の人生は血の海を泳ぎ渡る旅だったのだ。


「閣下！　敵ノ大統領ヲ捕ラヘマシタ」

「名前ハ？」

「りばるたデアリマス」

捕らわれた敵の大統領を思い出していた。こんなに薄汚くみすぼらしい男が大統領だと？

「コンナ奴ガ大統領ナノカ？」

「ハ、ハ、ハ、ハ！」

「ハ、ハ、ハ、ハ！」

「ハ、ハ、ハ、ハ！」

この大統領は、それほど幸運とは言えなかった。彼ら勝利者たちは、すぐさま、体中弾痕だらけの捕虜と写真を撮った。その遺体に帽子を被せ、タバコを咥えさせた。まるで仕留めた虎と記念撮影をするハンターのように、写真を取った。

将軍は、どれほどの生命をあの世に送り込んだのか、忘れてしまっていた。奇妙なことに、銃弾で、ダイナマイトで、迫撃砲で、手榴弾で、爆弾で、彼が多くの血を流させたことが、今になって意識に上ってきた。そして、困ったことに、敵と呼んできた者たちが、必ずしも軍人ではなく、必ずしも武装しているわけでもなく、必ずしも反乱側に付いている人間でもなかったことも。だが、やはり危険であることには違いなく、それゆえに掃討しなければならなかったことも。

将軍は、まだ雨の中を泳いでいる。プールの水が赤くなった。最初はシロップを混ぜたようだったが、次第に濃度を増していった。将軍は、血の海の中を泳いでいた。「閣下、血ハ赤クアリマス」と自らに呟いた。

次第に激しさを増す雨の中、退役した将軍は、とても寛いだ気分で穏やかに泳いでいる。「確かに、引退する潮時だな」と彼はまた思った。

（一九九四年二月　ジャカルタ）

【原註】

＊　週刊誌『Jakarta—Jakarta』第三六八号、一九九三年七月二四日〜三〇日の Sebagian Kehidupan（人生の一こま）欄掲載のインタビューの一部。しかしながら、この短篇小説は、無論、あくまで短篇小説である。

7　ミッドナイト・エクスプレス

Midnight Express（著作リスト4に収録）森山幹弘訳

「川を行く歌」と同様、漂泊を描いたもの。ここではジャカルタを思わせる大都会の「光の河」を船ならぬ自動車で漂う男女が描かれている。同乗者とのコミュニケーション不全も描かれている。しかし、気になるのはこの作品の「暗さ」である。都市の中を漂い、出口が見えず、「脱獄」不能であることに由来する暗さであろうか。

闇の中、ぼんやりとした星空の下をぼくはずっと彷徨っていた。街はネオンの光を浴び、ぼくは光の海を泳いでいた。まるで月の光の中を小舟が空想の河を滑るように、ぼくはゆっくりと車を運転していた。その女は酔いつぶれてぼくの肩に寄りかかっていたが、やがてぼくの膝の上に倒れこんできた。「酔えばいいさ、酔えば」とぼくは呟く。人生は一度だけ。なのに、どうしていつも現実は失望させるのだろう。酔えばいい、酔えばいいのさ。ぼくは恋人のおまえのために、生きることがほんの少し心地よく、楽しいこともあるんだと感じられるように、ゆっくり、ゆっくりと車を走らせた。

街中が、夜通し人を陶酔させる光に包まれている。まるで夢を見るように、ぼくは人生とは長く味気なく疲れるものだと考えていた。まるでピアノの旋律の中で煩悶しつづける人間の魂をなぞっているかのようだった。車のタイヤは濡れた道路の上を回っていた。走っている間中、濡れたアスファルトは空想と夢を映し出していた。ぼくの女、ぼくの恋人よ、ぼくらは空想の河を旅しているんだ。だめだ。起きるんじゃない。酔っぱらっていろ。現実は夢のようには美しくはないんだ。

「ううん、今どこなの」

「寝てろよ、まだどこにも着いちゃいない」

「ふぅ、何時なの」

「寝てろ、何時になったかわからない」

「わたし酔ってしまったのかしら。酔っぱらったの。あなたの言うことが聞こえない」

おまえの口はひどい臭いだ。確かに飲み過ぎた。奇妙だ。おまえのような美しく、しとやかな女があんなにたくさん飲んで、醜態をさらして酔っぱらうなんて。でも、もういいんだ。酔っぱらっている。お前を愛している。

「まだ愛してる?」

「ああ」

「まだ愛してる?」

「ずっとだ」

酔えばいい、酔っていればいい。ぼくは夜を包み込むように、重厚で冷たい車をゆっくり走らせる。夜は失望を沈める。夜は現実を寝かしつける。悲しいピアノの音の中を光と空想が往来する。なんてこの街の光は蛍の光とは違うのだろう。人造の電気の光の中で、すべてが虚しさと疎外感だけを引きずってぼんやりと動いている。

道端には不幸な運命がちらばっている。暗がりで女が強姦されていた。若者が三人のチンピラに痛めつけられていた。老人が路地の片隅で寒さに震えていた。でも、ぼくは気にしない。すべての人間がぼくのことを気にしないのと同じように。すべての人間がおまえのことを気にしないのと同じように。どこのどいつか知らないが、道端で吐いていた。構うものか。放っておけばいい。

もうどのくらいぼくは走っただろう。わからない。素早く動く光の静寂のなかでサックスの泣く音が聞こえた。夜の社交場のネオンがまだ夢を売っていた。きらきら輝くドレスを着た女がドアの向こうから出てきた。なんて美しい足なんだ。なんて挑発的なんだ。道端には社会の底辺に住む人間たちがたむろしていた。男が口笛を吹いて女の気を惹こうとした。ネズミがドブから出てきた。道を横切ろうとしたときぼくは轢いてしまった。なんて哀れな運命なんだ。なんて不幸なんだ。カップルが肩を寄せ合って通りの端へ消えていくのが見えた。愛し合えばいいのさ。知ったことか。ラジオから流れる優しい声を聴いていた。柔らかで艶のある声だった。誰かがラジオ局にメッセージを送った。別の誰かがそれに応えた。歌の一節が悲しみを歌い上げる。ブルースの一節が暗やみの中で引きつって泣いている。ありえない。ぼくは恋人のおまえのことを悲しんだりしない。本当は、ぼくはおまえのことをよく知らない。一体おまえは何者なのか。どこからやって来たのか。名前さえ忘れてしまった。ただその香水だけがぼくの鼻をくすぐる。刺激的な匂い。夜の女の匂い。あぁ。寝ていろ。眠れ。酔っぱらえ。酔っぱらっていればいいんだ。ぼくはおまえを強姦したりはしない。


「わたし夢を見ていたのかしら」

「さあね。どんな夢なんだ」

「あなたが車を走らせて、私はあなたの膝で眠り、そして車は光輝く河の上をゆっくりと走っていくの」

「それは、夢じゃない。ぼくらは光輝く河を旅しているんだ」

「花嫁のように船に乗ってなの」

「車に乗ってだよ」


酔っていればいい。酔っぱらっていればいい。ラジオは政府発表を報じていた。毎日、重大な決定がなされる。毎日、政策が実施される。なんて賢明なんだ。なんて素晴らしいんだ。そしてぼくは愚かに夜ごと彷徨っているだけだ。まやかしに溺れ、偽りに浸り込み、人の気持ちを踏みにじる。いけないことだ。誠実さについてぼくに語らせてはいけない。ぼくの頭の中で弦が怒り狂って鳴り響く。ブルースが夜の裏側から聞こえてくる。ギターの弦が切れて、ぞくっとするような音が残った。ぼくはもう一匹の哀れなネズミを轢いてしまった。明日の朝までに一〇〇万の車がそのネズミを轢いてアスファルトの上はすっかり平らになっているだろう。構うものか。放っておけばいい。

光が踊り、窓ガラスに映ってそれが絵のように見える。ビルの窓に一人のバレリーナを見つけた。彼女は夜の光の中を飛んでいるように踊っていた。

「夢より美しいものってあるかしら」

ああ、おまえの口はなんて臭いんだ。まったく恥知らずだ。

「夢より酔えるものなんてないさ」

「わたしの夢が現実になって欲しいの」

「現実だって酔わせてくれるさ」

恋人よ。恋人よ。その踊り子はぼくらといっしょに道路を進んだ。今度は悲しげなハーモニカの泣くような音が聞こえてきた。通りの両側には閉店した店、暗いショーウインドウ、色とりどりのファッションを身につけて寂しく立っているマネキンが佇んでいるだけだ。ああ、闇よ、暗闇よ、陰鬱な街の片隅でぼくは自分を探していた。警備員が見回っている。蝙蝠が建物の間を飛び交っている。

鉄筋コンクリートと鋼鉄の原野のごとき街をぼくは漂っていた。建設中のビルは空に聳えている。電灯がビルの骨組みの中で光っている。声が呼び合っている。大きなトラックが鋼鉄のパイプを運ぶ。現場の労働者たちは目を擦っている。クレーンの唸る音が夜を震わせる。踊り子は窓から飛びだし、跳び上がって彼らの間を跳び回る。チャイコフスキーが聞こえるようだ。ブルースの歌手の嗄れた叫び声の中で浮いたり沈んだりしている。

女は起き上がろうとしたが、すぐに倒れ込んだ。口からスースーと音がしている。ひどく酔ってしまっていた。香水の匂いが優雅に香っていた。手が動いてだらりとなって、幾重にもなったブレスレットが音をたてた。ぼくの女よ、ああぼくの女よ。おまえは一体誰の子どもなのか。何年もずっと河を、ずっと夜を、ずいぶんぼくらは彷徨っていたが、確かなものは何一つなかった。ぼくは自分の運命を知ることはないだろう。人生は果たして夢よりも美しいものなのだろうか。

道に沿って何百もの広告が並んでいる。夜の静けさの中でそのメッセージが応えあっている。ああ、ぼくは疲れた。眠くなってきた。眠り込んでしまわなければいいのだが。モーテルを捜すべきなのだろうか。それとも道端に車を停めて寝たほうがいいのか。道をずっと、河をずっと、夜をずっと、ぼくは自分の家を捜してみたが見つからなかった。ぼくも酔っぱらってしまったのだろうか。帰りたい。眠りたい。背中を伸ばして安心して眠りたい。ぼくは疲れた。疲れた。考えすぎたのだ。ぼくの女よ、ぼくの家を教えてくれ、ぼくは酔ってしまった。

「あなたの家はここよ、私の心の中」と、昨日の夜、おまえは言った。ああ、恋人よ、愛を囁きあっている時じゃない。ぼくは闇と悲しみを追い続ける。泣き声に満ちた夜を追い続ける。ぼくの運命の車輪が闇の中を転がっていく。転がり、転がり続ける。さあ、ぼくの車よ、遠慮するな。このままゆっくりと転がしていこう。道路は静かで、誰もいない。道を横切る者などいない。

運転しながらときどきぼくは目を閉じた。まるで闇の中に浮かんでいるみたいだ。ときどき夜の暗やみの中で、ぼくはハンドルを放す。あの窓から飛び出したバレリーナが踊り回転している。突然、ハイウェイに跳び上がったかと思うと黄色い光を浴びて踊りだす。跳び上がり回転し、身を反らせ回転し、身体を折って回転し、伸び上がって回転し、宙に浮かんで、そして遠くに消えていった。そして、ぼくの心の中から何かが消えたように感じた。道の真ん中で彼女が踊るのを誰が見ただろうか。

道端で手を振る者がいる。誰だ。ぼくは知らない。夜中を過ぎた時間に気まぐれに車を停めてはいけない。一瞥もくれずにやり過ごしたが、バックミラーにまだ男が手を振っているのが見えた。彼のなんと遠いことか、なんて孤独なのか。その男は一晩中、ぼくのことを待っていたというのか。彼が生涯ずっと誰かを待っているのでなければいいのだが。彼が人生をかけて誰かを待っていて、希望をもって待っていたのがこのぼくだったのではないかと思うと不安になった。だけど、なにかを随分長い間待ち望んでも結局は失敗に終わることに、ぼくらはもう慣れっこになっていた。

女は動いた、身体を伸ばして姿勢を変えた。広げられた二の腕はとても白くなめらかで優しさを湛えている。何の夢を見ているのだろう。仰向けになって眠っていた。足も手も力なく伸びていた。所詮いっしょだ。女は女だ。赤い唇は濡れ、何かを呟きながら半分開いていた。ラジオはチック・コリアを流していた。他の女たちが記憶の中を通りすぎていった。その内の一人がぼくの後ろから抱きついてきた。ハスキーで艶やかな彼女の声はぼくをすっかり陶酔させた。

「私の愛する人、あなたは影を追いかけているだけ、空想を追いかけているだけ。そこには空虚以外の何もないわ。停まってちょうだい、車を降りて、その女を置き去りにして、川岸で抱き合いましょう」

抱き合い！　愛し合う！

「さあ、早く、遅れてしまうわ。みんな車を降りて快楽を求めているわ。道を苦労して彷徨っているのはあなただけよ。一体何のため」

そのとおりだ。何のためだろう。

「私を見て、まだ熱く火照っているわ。何の見返りもなしにこの身を任すわ。さあ早く、あそこに公園がある、草むらで愛し合う。ぼくはもうそれ以外に夜をやり過ごす術を知らなかった。この数年間、ぼくは焦燥感を抱いて街をさまよい続けていた。

「さあ、早く。チャンスを逃さないで」

チャンスだって。外では、小雨が視界をぼんやりと曇らせていた。重い気分でぼくはワイパーを動かした。ぼくの膝に転がっている女が遠慮がちにげっぷをした。

「誰なの、話し声が聞こえたみたいだけど」

「誰もいないよ。雨が降っているだけだ」

「雨なの。今、雨が降っているの」

「ああ、雨だよ」

そう、小雨は本降りになっていた。道路の左も右も胸を痛める光景だった。避難民たちが腹を空かした顔で列をなしてぞろぞろ歩いていた。戦争の犠牲者が、死んだ者も死にかかった者も道一杯に転がっていた。戦闘は今もまだ激しく続いていた。Ｆ - １６戦闘機が突然現れてミサイルを発射した。あたりを震撼させるいくつもの爆発音が聞こえた。戦闘はまるで花火大会のようだった。ラジオからは扇動的な指導者の演説が聞こえ、犠牲者の数を伝えるニュースがそれに続いた。

「うるさいわね。何かあったの」

「何もありやしない、ただ雨が降っているだけだ」

遠慮なく激しく降る雨の中をぼくはゆっくりと車を走らせた。炎が大地を焼き尽くした。家々、ショッピングセンター、高層ビルが燃えて炭のようなっていた。戦闘機が飛び回り、時折地上一メートルまで降下し、無差別にミサイルを発射した。爆弾が絶え間なく落とされ、燃えて崩れ落ちそうになっているハイウェイの上を一人のバレリーナが踊っていた。難民たちが家財道具を積んだ大八車を押していた。ぼくの車のラジオも燃えていたが、カルミナ・ブラナ*の曲を流し続けた。戦場では、兵士たちが機銃掃射や手りゅう弾を受けて爆発の光とともに焼けて死体になる前に、身を隠す穴を捜して走り回っていた。

雨が夜を塗りこめる。砂塵が舞い上がる。煙が立ち上る。疲れ果てた兵士が汗を滴らせながら累々たる屍の上で水を飲んでいる。雨の降る夜は不安にさせる夜。火薬の匂いが車の中に入ってきた。女はまだ酔っていて、起き上がろうとする度に倒れ込んだ。

「どこなの、ねえ。もう帰りたいわ」

「ぼくらはどこにも着きやしない。ただ、なんのためなのか、いつなのか、どこなのか誰にもわからない場所に着くだけさ。訊いたりしなくていいんだ、ドライブを楽しめばいいのさ」

でも、その女はもう鼾をかいていた。

闇とともに、夢とともに、夜とともに、ぼくはゆっくりとぼくの孤独を運転していた。悲しみに沈んだ夜にぼくの身をゆだねる。ぼくの焦燥感を輝く光の河に委ねる。

（一九八九年一二月一二日　ジャカルタ）

【訳註】

＊　カルミナ・ブラナ（Carmina Burana）…カール・オルフ作曲のカンタータ。

8 浴室ノ歌唱ヲ禁ズ

Dilarang Menyanyi di Kamar Mandi（著作リスト４に収録）柏村彰夫訳

小説を日常的に読むようなインドネシア人読者ならば、スハルト時代の言論・思想統制の風刺だと一読してわかる。ユーモラスな雰囲気とプロットの巧みさもあり、すんなりと読める。しかし、この作品は、「地上最後のベチャ」と同様のテーマも抱えている。ここでは「ベチャ」の中間層よりも社会的に下層の「下町の住民」たちが主体となっている。おかみさんたちから湧き起こる物理的暴力の一歩手前の圧力があり、為政者（町会長）はそれに対応し、最後に利用する構図になっている。一方「被害者」の下宿人は、単にか弱き者ではない。恐らくおかみさんたちよりも上の階層に属する。そもそも彼女は路地裏の住民ではなく（下宿屋の玄関は恐らく表通りに面している）、路地の世界の規律を守る義務はない。彼女の罪は、単に少数派であるということだけだ。つまり、ここで描かれているのは、少数派に対する民衆の暴力であるとも言える。

なお、この作品は宇戸清治、川口健一編『東南アジア文学への招待』（段々社、二〇〇一年）に収録された同名作品を改訳したものである。

約束の時間に、町会長[*1]は一人の見回り役[*2]と数名の住人を引き連れて、その場所にやって来た。その場所とは、とある長い路地。その路地に面して民家が向かい合って立ち並んでおり、路地の突き当たりだけは、下宿屋をしている未亡人サレハの家の裏側の壁でふさがれて行き止まりになっている。壁の向こう側がサレハの家の浴室になる。壁に開けられた通気口から、石鹸と歯ブラシが見えている。浴室の壁の裏側にあたる場所、すなわち路地の突き当たりの場所へと、町会長は出向いて来たのだった。彼は、これから穏やかならぬ事件を調査しようとしていた。

「会長さん、もうすぐです」と見回り役が言った。

「いつも決まった時間でね、一分一秒違わないんだ」他の住人が続けた。

町会長は、重々しく頷いた。腕時計を見て、「あと一分」とつぶやいた。

一分が過ぎた。浴室の扉が開く音がした。町会長を取り巻いていた連中は、一斉に口の前に人差指を立て「シーッ」と言いながら、アメリカに向けたパラボラアンテナのように、通気口に向けて耳をそばだてた。

皆がこの世で最高の遊びをするのが待ちきれない風情だと町会長には見えた。

辺りに静寂が訪れた。扉を閉じる音がはっきりと聞こえる。ファスナーを降ろす音、衣擦れの音、小声で鼻歌を口ずさむ女の声が聞こえてきた。ジャバッ、バシャッ、ジャバッ、バシャッ。その女性は猛烈な勢いで水を浴びているらしい。水を汲むひしゃくの音が力強く豪快に聞こえてくる。しかし、町会長が待っていたのは、この音ではなかった。様々な想像を呼び起す濡れた身体に石鹸を擦りつける音でもなかった。

町会長が待っていたのは、この女の声だった。小声の鼻歌はやがて歌声となり、それほど上手というわけでもないが、あらぬ想像をかきたてるものとなっていた。湿りを帯びたハスキーな女の声は、壁の裏に集まった連中に何を想像させているものやら。彼らの顔は、周りの事が目に入らないといった様子だ。女の歌声は、彼らの頭の中に一つの世界、そこに留まりたいと心から願うような世界を作り上げているようだった。

見回り役の男だけが正気を保っていた。

「本当でしょ、会長さん」

町会長は考え込んでしまった。この女性の声はあまりにも刺激的で想像力をかき立て、あたかも現実のように思わせてしまう。

町会長は目を閉じた。すぐにどきどきするような映像が浮かんできた。裸の身体に打ち掛けられる水の音。身体に擦りつける石鹸の音は完璧なスタイルを想像させる。最後に、そう、あの湿りを帯びたハスキーな声、即座に、唇の形、口の動き方、ほっそりとしたうなじ、すっきりとした喉元が想像された、――なんたることか、町会長は思った、なんと扇情的な、なんと淫らな、なんとセクシーなことか。

町会長が目を開けた時には、額に汗が浮かんでいた。驚いたことに、見回すと、一緒にここに来た住人たちはうっとりした顔をしており、やがて絶頂を迎えたのである。

「ウオ――ッ」

帰り道、見回り役は、町会長を質問攻めにした。

「会長さん、あの声、めちゃくちゃセクシーだったでしょ」

「ああ」

「会長さん、あの声、とんでもないことを想像させたでしょ」

「ああ」

「会長さん、風呂場のあの歌、騒ぎの元になるでしょ」

「かもしれん」

「かもしれんじゃなくて、もう騒ぎが起こってるじゃないですか。昨日の騒動だけで十分でしょ」

§

昨日の夕方、路地に住むおかみさんたちが町会長の家に押しかけてきた。サレハ夫人の浴室から決まった時間に歌が聞こえてくるようになって以来、町内の家庭の平和が乱されると町会長に訴えたのだった。


「そんなこと、ありえるのかな」と町会長は尋ねた。

「もう、会長さんたら、自分で聞いちゃいないからですよ。すんごい色っぽい声なのよ」

「色っぽいのがどうしたと言うのかね」

「すんごい色っぽい声って言ったでしょ、ただの色っぽいどころじゃないのよ。あの声を聞いた日にゃ、誰でもいやらしい場面を考えちゃうのよ、会長さん」

「そんなに?」

「そう、そんなに、なのよ。会長さんわかってるでしょ、あのハスキーな声はナニのせいでああなったのよ」

「ナニのせいとは? 何のことかな」

「使いすぎってことですよ!」

「食事のしすぎってことかね」

「なに、ぼけたこと言っちゃってんだろ。だから町内会の仕事ばっかりしてちゃいけないってのよ。息抜きにさ、世間を知るためにも、一度ポルノ映画でも観てご覧なさいよ」

「わしが町会長ってことと、ポルノ映画を観るってことがどう関係するのかね」

「どうして濡れてハスキーな声が、騒動のもとになるのかってことを会長さんに知ってもらうためにですよ。会長さんは、いやらしい場面て何のことかわからないわけ？　会長さんは家庭生活への影響ってことがわからないわけ？　会長さんは、ここんとこ、どこの亭主も寝間で冷たいってこと知らないわけ？　サレハさんとこの下宿人の女の歌のせいで、住民の性生活が乱されてもしかたないってこと？　こんなことがいつまで続くっての？　あたしたちは、あの女に出てってもらうことに決めたのよ！」

「まあ、まあ、落ち着きなさい。ちゃんと、話し合わなきゃ。話し合いと合意ってやつだ。勝手に決めつけちゃいけない。彼女は何も間違ったことをしちゃいないわけだろう。風呂場で歌ってるだけのことだ。間違ってるのは、あんたたちの御亭主の想像力なんで、どうしてまた淫らな場面を想像しなきゃならんのかね。ジャズの歌い手にも濡れてハスキーな声の持ち主がたくさんいるけど、何の問題も起きちゃいない。それどころか、そんな歌は世界中で流れているじゃないか」

「それとこれとは違いますよ。歌手は風呂場でジャバジャバ音を立てて歌ったりしないでしょ。ファスナーの音とか、石鹸を擦りつける音とか、パンツのゴムの音はしないでしょ。風呂場での歌が問題なのは、裸ってことが関係してるからなんですよ。ポルノなんだよ。ともかく、会長さんが何もしないって言うんなら、あたしたちが押し掛けて袋叩きにしてやる！」

　町会長は、さんざ文句を言われ、困り果ててしまった。その女性は浴室で歌っているだけで、それを間違いとは言えず、もちろん法に触れてなどいないことを説明した。しかしながら、亭主が寝間で冷淡になったために女房たちが騒いでいることは避けようのない現実ではある。いかにして濡れてハスキーな声がこのように想像を掻き立て、その結果夫婦の性生活に影響を与えることができるのかを彼は考え続けた。一体何が起こって人は想像力で恋をすることが可能になったものか。首をひねってしまうのは、なぜ亭主たちが皆同じ想像ができるのかということだった。

「人間の想像力の仕組みにどこか間違いがあるに違いない」と彼は思った。

今や、自分自身が濡れてハスキーな声を聞いた後では、町会長は、あの声がセクシーな声に関する一般的なイメージと合致しており、セクシーと見なすことが可能であり、したがってあらぬ事を呼び起こすことが可能であると認めざるをえなかった。しかしながら町会長は、いかにジャバッ、バシャッ、ジャバッ、バシャッという水音やキュッ、キュッ、キュッという石鹸で肌を擦る音が付加されようとも、浴室からの歌声を聞いて寝台での格闘を想像する必然性はかならずしもないことにも気付いていた。

それで、町会長はその女性を追い出すのではなく、公共の福祉のために、浴室で歌わないように要請することに決めたのである。

事の経緯を承知しているサレハ夫人に伴われて、町会長はその女性と会った。それほど美しくもないし、醜いともいえない若い女性だった。非常に規則正しい生活を送っており、会社へ行くのも、帰ってくるのも決まった時間。就寝、起床も決まった時刻。食事や読書も常に定時。同様に、濡れたハスキーな声で歌いながら水浴びする時間も。

「じゃあ、私の声が裏の路地中で聞こえているんですか?」

「その通りなんです」

「それで、旦那さんたちが妙なことを考えないように、奥さんたちが私に歌を歌うなと要求していると?」

「ええ、だいたいそんなところです」

「じゃあ、正確に言うと、このところ裏の路地の旦那さんたちは、私が水浴びをしている時、私の裸を想像したり、ベッドの上で絡み合ったらどんなだろうかと想像していたと、そうなんですね?」

町会長はとても恥ずかしい気持ちだった。同じように顔を赤らめているサレハ夫人と見交わしあった。化粧っ気のないその女性は、舌で唇を湿らせた。彼女の大きな口は、目の前にあるものを何でも呑み込む、すさまじい力を秘めているかのようだった。

町会長はその女性を横目で見たが、彼女が納得した顔で微笑んでいたので仰天してしまった。彼女は町会長の返答を待たずに言った。

「わかりました町会長さん。お風呂で歌わないよう前向きに努力いたします」と彼女は濡れたハスキーな声で言い、「御主人たちが私と絡み合う姿を想像し、結果として路地の家庭の性生活を混乱させることがないよう、私の口から一声たりとも出さないよう善処いたしますわ」と言った。

「ほんとに、すまないね。町内のもめ事を避けたいだけなんだってことをわかってもらえるかね」

このようにして、それ以来、路地の突き当たりの浴室から濡れてハスキーな歌声は聞こえてこなくなった。町会長はほっとした。「万事順調」と思った。時には、その心の広い女性と道ですれ違うこともあった。そんな時、町会長の頭の中には、彼女の真っ赤な唇を湿らせる舌の動きが浮かんできた。

§

しかし、これで町会長の仕事が終ったわけではなかった。ある夕べ、見回り役の男が報告しにやって来た。

「会長、おかみさんたちが、また騒いでんですよ」

「どうしたっていうんだ。彼女は、もう歌ってないじゃないか」

「そうですけど、風呂場からジャバジャバ聞こえてくるたんびに、亭主たちが濡れてハスキーな声のこと考えてるって、おかみさんたちが言ってんですよ。あの色っぽい声のこと考えてるもんだから、そん次に、あの女とベッドでナニすること考えちゃうんですって。そんでもって、路地の住人の性生活はうまくいってないって。おかみさんたちは、亭主どもがベッドでかまってくんない、ってぼやいてるんです」

「自分たちの亭主の考えを考えるってこと自体考えすぎなんだよ。おまえはどうなんだ。おまえも、ジャバジャバという水音を聞いただけで、妙なこと想像するのか」

見回り役の男は照れ笑いをした。

「あたしは、まだ独身なもんで」

「わかっとるよ、私の言ってるのは、彼女が水浴びをしてる音を聞いて、おまえは淫らな場面を想像するのかどうかってことだ」

「えーっと、その」

「えーっと、そのとは?」

「想像しますです、はい」

「そう正直に言えばいいんだ。で、おかみさんたちは、どうしろって?」

「あの女に出て行ってもらいたいって言ってます」

路地のおかみさんたちの顔が浮かんだ。一日中、だらんとした部屋着姿で、井戸端会議に忙しく、頭にカーラーを捲いたままのおかみさんたちの顔が。子どもたちを抱きかかえ、まるで田圃にいるように辺りはばからず大声で呼び交わす女たち。洗濯したり、狭苦しい客間用にでっかい家具を買える日を夢みる以外の人生を考えたこともない女たち。

「それはできん。彼女は悪くない。歌うのを止めさせただけでも、やりすぎなんだからな」

「でも、エッチな想像を止められないですよ」

「彼女のせいじゃないだろ。自分たちが悪い。なぜまた、あらぬ想像なぞしなきゃならんのか。他にすることがないのかね」

「ともかく、あの女が原因だって、おかみさんたち言ってます。聞く耳持っちゃいません。ジャバジャバっていう音が、以前は濡れてハスキーな歌声が聞こえたことを思い出させて、そんで、亭主たちがすんごいベッドシーンを想像するんだって思い込んでますからね」

町会長は、頭を抱え込んでしまった。

「あんまりな話だ」と思った。「勝手に想像しておいて、他人のせいにするなんて」

町会長としての長年の経験から、彼には、あらゆることは多数によって支持された場合にのみ正義と呼べることが身にしみてわかっていた。町内で何人もの泥棒が住民たちに捕まって袋叩きにあい死亡したが、住民の誰一人裁判にかけられたことなどなかった。泥棒を自分たちで処罰するのは当然のことだと思われているからだ。


「ということなんだ」町会長は再びその女性と相対していた。「ここは一つ、なんとか納得してもらえないだろうか。下町の人間だから、頭に血が昇ってしまうと、聞き分けがなくなってしまうんでね」

その女性はまたも納得顔で微笑んだ。更にまた話をする前に唇をなめた。

「わかりました、会長さん、ご心配なさらないで下さい。ご迷惑にならないようにマンションにでも引っ越します」

かくして定時のジャバジャバという音はなくなってしまったのである。一日中だらんとした部屋着姿のおかみさんたちは、目の上のたんこぶがなくなってほっとしていた。ここのところ、どれほど辛い目にあってきたことか。あの濡れてハスキーな声の女とのベッドシーンを想像してしまうせいで亭主たちがかまってくれなくなったために。

§

ある夕べ、とあるベランダで一組の夫婦が話をしていた。

「いつも、今ごろの時間に水浴びしてたんだよなあ」と夫が言った。

「やめてよ。思いだしたりしないでよ」と即座に妻が言葉を返した。

「いつも、濡れてハスキーな声で歌いながらバシャバシャ音をさせてたんだよなあ」

「やめなさいってば。まだ思いだしてるわけ」

「彼女の声って、すごいセクシーだったよな。あの口はすごかったね、唇が赤くて濡れてて。石鹸で擦る音を聞いた日にゃ、もう、あのむっちりした身体が浮かんで消えなかったもんな。もし、あの身体をさ、こう抱きしめて、ベッドに押し倒してみたら。それで、もし、…」

夫が言い終わる前に、妻は大声で叫んでいた。その声は路地中に響きわたった。

「誰か――っ！　亭主が、また想像してんのよ！　助けて――っ！」

意外なことに、この叫びに呼応するように別の叫び声があがった。あちこちの家のベランダから助けを求めるおかみさんたちの悲鳴が聞こえてきた。

「誰か――――っ！　亭主が、またあの女とのベッドシーンを想像してんのよ！　助けて――っ！」

辺りは騒然とした雰囲気になった。見回り役が、おかみさんたちを落ち着かせるために、あちこちらへ走り回っていた。歌声や水浴びをするジャバ、バシャ、ジャバ、バシャという音がなくとも、やはり亭主たちはあの濡れてハスキーな声の女性とのベッドシーンを想像できるものらしかった。そのため町内の家庭の平和が乱されることになってしまうのだった。


町会長は、悩みに悩んだ。いかにして想像力を統制したものか。しかし、経験豊富な町会長として、彼はすぐさま措置を講じた。翌日の町会の総会で、彼は町内にフィットネス・センターを建設することを決定した。このフィットネス・センターでは、ベッドで亭主たちを喜ばすことができるように「家庭幸福体操」の講習を実施し、おかみさんたちに受講を義務付けることにした。町会長は、フィットネス・センターの開所式に、ジェーン・フォンダに出席してもらえないだろうかとも考えた。

その後、この路地では新たな規則が設けられた。「浴室ノ歌唱ヲ禁ズ」と。

（一九九〇年一二月二九日　タマン・マング）

【訳註】

＊1　町会長（Pak RT）…正確には町内会（RW）の下部組織「隣組」の長。

＊2　見回り役（hansip）…町内の自警団員。職のない者が担当することが多く、軽視されていることが多い。

9　蝶来るところ、客来る

Ada Kupu-Kupu, Ada Tamu（著作リスト5に収録）森山幹弘訳

作品のタイトルは「家の中に蝶が入ってくると来客がある」という実際に使われる俚諺を踏まえている。夫婦の妄想が紡ぎ出すカオスを描いている。このようなカオス的終局というのもセノが好む技法の一つである。なお、カオス力学に「バタフライ効果」という用語があるが、この作品がそこに由来しているのかは残念ながら確認できていない。

我が家の前庭は小さいながら花が一杯だ。ぼくは花々の名前は知らないが、美しいと思う。我々は美を得るために名前など必要としない。幼い日に聞いた「バラにジャスミン、みんなきれい」[*1]という歌を今もまだ覚えている。それに「花々を愛することを禁ず」[*2]という題の短篇も覚えている。ぼくは朝日が肌に注ぐぬくもりを感じながら、ベランダに座っていた。そして人間が作った造花の値段が、神が創り給うた花よりも高いことを考えていた。花々の存在について考えていたその時、蝶が横切り、やって来たかと思うと飛び去り、そしてまた戻って来た。

「お客さんが来るわよ」妻が言った。

「きっとかい」

「きっとよ」

「絶対にということがあるのかい」

「本当にそうじゃなくって。蝶がやって来るのは、お客さんが来る徴よ」

それから蝶を見ながら、ぼくは客について考えた。

「金を借りに来るのじゃなきゃいいが」とぼくは言った。

「そんなことないわ、あの蝶はすてきよ、色を見てよ、きっと良いお客さんよ。幸運をもたらすお客さんかもよ」

ふむ。幸運。災い。われわれの人生にとってどれもとても大切だ。花の間をあちらこちらと飛び回る蝶を再び観察した。その蝶は美しいと言って間違いなかった。蝶は青色だった。子ども向きの物語なら、「なんて美しいのでしょう」という説明が続くだろう。しかし、ぼくの印象は妻とは違っていた。それどころか、突然、ぼくの胸はドキドキし始めた。果たして美しいものはいつも幸運をもたらすものなのだろうか。

この世は謎に満ちていると老人は言う。その蝶を見た。一匹の蝶にとって一生とは何なのか。花と蝶、どうして我々は兆しにやきもきしなければならないのか。いったいどんな客が来るというのか。想像をめぐらせながら、かくも我々が学んだ知識というのは、一秒先のことを予測するにも役に立たないものなのか。

「客はいい人だとは限らないじゃないか」とぼくは言った。「厄介なことを言ってくるかもしれない」

「あの蝶はすてきな色をしているわ、いい徴だわ」

「すてきな色でない蝶なんかいないよ」

「いるわよ。よく汚い蝶が飛んできて家の中まで入ってくることがあるわ。入って来た後に泥棒に入られたし、あなたは職を失ったし、私たちの誇りも踏みにじられたわ。今度の蝶は素晴らしいわ、きっとやってくるお客さんは幸運を運んでくるわ。確かよ」

「科学的じゃないよ」

「人生は科学的だと誰が言ったの?」

妻は台所へ行った。料理を始めた。彼女は来るべき客はきっと幸運をもたらすと信じて、ご馳走を用意するのが相応しいと考えたようだ。いったい何を料理しているのか。肉、魚、野菜、卵、揚げて、茹でて、焼いて。まるでパーティみたいだ。

「客が来なかったらどうするんだ。誰がこんなに食べるんだ」

「きっと来るわ。お客さんはきっと来るの」

人間は、どうしてはっきりした根拠もなく何かを固く信じることができるのか、ぼくにはまったく理解できなかった。しかし、それ以上にぼくの頭を悩ましていたのは、来るべき客が実際に幸運をもたらさないばかりか、災いをもたらすかもしれないという可能性だった。なんと恐ろしいことか。もし客が災いをもたらすのだとしたら、むしろその到来を阻止するのがよいのではないかと、ぼくは考えた。家の屋根に登り、もし客が路地の角から姿を現したら狙撃したほうが良いのではないのか。

その蝶は高く飛び、そして低く飛び、やがて去っていった。我が家の庭には花だけが残った。風のせいで少し揺れた。家の前を流れる川の音を聞いていた。ぼくは朝の空気を吸い込んだ。

「準備してね。お客さんはもうすぐ来るかもしれないから」

そこで、ぼくは門扉を開けた。庭の砂利を掃きそろえた。それから家の前の道に水を打った。前を流れる川岸の草をきれいに刈った。それでもまだ何か足りないという気がして、路地の角へ行って、客がもう住宅地の入り口まで入って来ているかもしれないと思ってあたりを見回した。

やがて、料理ができた。テーブルの上に整然と並べられた。いくつかの料理は後で温め直せば良かった。まだ時間があったので、恥かしくないように犬も水浴びさせた。床は光るまで磨いた。電灯、エアコン、CDをチェックした。もしかしてパラボラアンテナがゆがんでいないか、テレビも試した。二人で川岸に座って客の到来を待っていると、川の向こう岸から別の蝶が飛んできて、塀を越えて庭に降り我が家に入っていった。私たちは慌ててその蝶に注意を向けた。

「わぁ、こいつはひどい蝶だ。汚らしい」

「不吉だわ」妻が言った。「不吉よ」

怒りと失望を露にして布団たたきでその蝶を追い出した。

「ということは、二人の客か」とぼくが言った。

「ええ、二人よ、一人は幸運を運んでくるけど、もう一人は不幸を運んでくるわ」

「また料理するかい。足りなくなるかもしれない」

「不幸を運んでくる方の人にはご馳走する必要ないわ」

「え！」

「追い出したっていいわ」

「そんな！」

「それとも私たちが出ていったっていいわ」

お昼の時間になったとき、空腹感を紛らせるために料理の一部を私たちは食べた。

「お客さんもお昼時だってことくらいわかるわ」と妻は言った。

食べながら私たちは誰が来るのか想像した。

「きっと知ってる誰かだよ」と、ぼくが言った。

「そうとは限らないわ、会ったことのない人かもしれないわ」

「そんなことってありっこないさ。見も知らない誰かが突然ここへやってくるなんて」

「あり得るわ、それまで知らなかった人がある時から私たちの人生の中で大切になったことだって多かったわ」

「もう忘れてしまった人かもしれない」

「過去からやって来る人かもしれないわ」

「未来からやって来る人かもしれない」

「二人かもしれないわ、一人は幸運を運んできて、もう一人は不幸を運んでくるの。もしかしたら、一人が幸運も不幸も運んでくるかもしれない」

「もしかしたら…」

§

食事を済ませてから、我々はテラスで再び待った。川岸の木々の枝から枝へと飛び回る鳥たちを見ながら、また想像を巡らせた。

「女の人かもしれない」

「男の人かもしれない」

「男でもなく女でもないかも」

「おかまじゃない」

「あり得るさ。一人のおかまかも」

「二人のおかまかも」

「もしかして人じゃないかも」

我々は顔を見合わせた。あり得る。実際、客は人間でなければならないということはない。人生とはしばしば予期せぬことの方が多いではないか。我々は突然、異様な雰囲気の中にいるように感じて手を握り合った。風が唸って落ち葉を巻き上げた。塀の扉に現れるのは一頭の馬なのか。空から一羽の鷲が舞い降りてくるのか。今や、我々は何と向き合うことになるのか見当がつかなかった。

「何か感じるわ」妻が言った。

「どう感じるんだい」

「やって来るのはどうやら人じゃない、人間じゃないわ」

「何なんだい。ロボットかい」

「天使かもしれない」

「天使だって。何のために」

「わからないわ、どんな天使かによるわ」

§

突然、塀の裏から一匹の蝶が現れた。それからまた一匹、また一匹、そしてまた一匹。我々はぼう然としていた。数十、数百、おそらく数千の色とりどりの蝶が我々の周りを飛び回った。妻は叫びながら私の手を握った。ぼくはただ聞いているだけだった、もはや蝶たちを見ることができなかった。

「わかったわ、予感するものが何なのか」

「何なんだ」

「やって来るのは死の天使よ」

「そうと決まったわけじゃない」

「きっとそうよ」

「そうじゃなければいいんだが、ぼくはまだ死ぬ覚悟ができちゃいない」

「さあ祈るのよ、懺悔をして、待ちわびていたお客が来たのよ」

「ぼくはまだ準備ができちゃいない、メッカ巡礼もしていないし、それどころか水浴びさえしちゃいない」

何百万もの蝶がぼくの視界を満たしていた。妻の手が離れたのがわかった。彼女を呼ぼうとしたけれど、もうぼくは自分の声さえ聞こえなかった。

（一九九一年九月一日　タマン・マングにて）

【訳註】

＊1　「バラにジャスミン、みんなきれい」…童謡「うちの庭（Kebunku）」の一節。

【原註】

＊2　歴史家クントウィジョヨ（Kuntowijoyo）の短篇小説「花々を愛することを禁ず（Dilarang Mencintai Bunga-Bunga）」

10　愛についての一つの問い

Sebuah Pertanyaan untuk Cinta（著作リスト6に収録）森山幹弘訳

インドネシアでも携帯電話の本格的普及は日本と同じく一九九〇年代後半に始まり、現在都市では誰もが持っているような印象すらある。一方、固定電話の普及度は日本ほど高くない。この作品が発表された一九九三年当時、自宅に電話がないのは珍しくなかった。また公衆電話もあったが、故障しているものが多かった。多数の電話を設置し利用させる店（ワルテル wartel）を利用するのが一般的だった。つまり、この作品のような場面は普通ではなく、あくまでフィクションである。

公衆電話で一人の女が憂うつそうに話していた。

「もう一回言ってよ、あたしを愛してるって」

その言葉を聞いて後ろに並んでいた人たちは腕時計を見ながら眉をひそめた。一五分くらいの時間で愛は語れないと、経験が告げていた。しかし、もしその女が三〇分経っても愛について問い続けるならば、それはあんまりというものだ。その公衆電話にはさっきから何人もの人がやってきて、手の中でわざと小銭をジャラジャラ鳴らしていた。

「ほんとのほんとにあたしのこと愛してる？　ずっと？」

待っている人たちはその言葉をはっきりと聞くことができた。浮かない顔で電話をしている女は努めて声を低くしようとしていたが、感情の方が大きな声をあげているようだった。彼女にとって周囲の人たちが聞いているかいないかは、もうどうでもよかった。どうせ彼らは彼女が誰なのか知りはしない。こんな大都会では、街なかで同じ人に出会うことなどない。公衆電話でだって同じことだ。

「嘘つき、どうせほかの女たちにも同じこと言ってるんでしょ」

その女は待っている人たちの方をちらっと見た後、どれだけの時間が経ったのか知らないわけではないと言わんばかりに腕時計に目をやった。しかし、その後も彼女は黄色い電話の外を覆うカバーの中に顔を埋め、ゆっくりととぎれとぎれに話した。おそらく電話の向こうの男がそっけない答え方をしたのだろう。

「あたしは恋人の一人に過ぎないんだわ、そんな女たちの中の一人に過ぎないんだわ、あなたにとってあたしなんか何の意味もないんだわ」

その女の浮かなかった顔が今や苦悩を表していた。その目は恋に酔いながら、喪失の恐怖をも表していた。

「嘘をついていたってことね、あたしのことなんか愛していないのよ」と彼女は言った。

待っている人たちは苛々して舌を鳴らした。彼らの口はわざと強く「チェ」の音を発した。ある者は靴をずるずると地面に擦り付けたり、踏み鳴らしたりした。ある者は何度も何度も腕時計に目をやった。またある者はあからさまに不平を口にした。

「ほかの時間がないのかよ、こんな暑い真っ昼間に愛を語らなくてもよお」

「あんまりだ」

「もう半時間も過ぎたぜ」

「もしむこうの公衆電話へ行っていたら、ずっと前に着いていたさ、でも今さらどうにもなりゃしない」

「あとどのくらいで終わるんだ?」

「三〇分過ぎた」

「いくら長くてもあと一〇分だろうよ、さっきから俺たちが待っているのはわかってるんだから」

「俺はたった三〇秒電話すりゃいいんだ、すごく大事なことなんだ」

「俺だってほんのちょっとだけど、とても重要なんだ」

「俺はすぐに電話しなきゃならないんだ、すごく大事なことなんだ、でなけりゃ大変なことになっちまう」

§

それから、気づかぬうちにずいぶんと大きくなったその女の声が聞こえた。

「あなたってどういうつもりなの。あたしがあなたのことを愛していて、いつも会いたく思っているの知ってるでしょ。とっても愛しているの、そんな風にしないでよ」

その女はまた硬貨を入れた、それも二ついっしょに。つまり、会話はまだ続く、少なくとも一二分は続くということだった。もしその後もまだ話すようなら、それは本当に行き過ぎだ。彼女のすぐ後ろの人は四二分も待ったことになる。後から来た何人かの人はもう行ってしまった。待っている大勢の人を見れば、長く待つことになることは容易に想像できた。しかし、もう随分長い間待った人は、ここで行ってしまうと損をするような気がしていた。彼らは我慢強い表情で待ち続けた。

「あなたがあたしを本当に愛してるって信じたいの。あなたが本当にあたしのことを愛していて、本当に恋しく思ってくれていて、いつもあたしのことを考えてくれているって信じたいの。いつもあたしのこと考えてくれてる？　言ってちょうだい、愛してる、愛してる、愛してるって」

電話の向こう側で男が何を言ったのだろうか？　さっきから憂うつそうな表情で電話をしていた女の顔に初めて笑みが浮かんだ。恋というものは確かに不思議なものだ。電話のケーブルを伝って、憂うつそうな一人の女の表情を幸せそうに変えることができるのだから。道路のアスファルトを融かすほどの真昼の暑さにもかかわらず、女は愛らしく、さわやかに見えた。その瞳は光り輝いて、まるでおとぎの国にいる子どものようだった。

この様は待っている者たちを少しほっとさせた。電話で愛を語り合うカップルは最も素晴らしい瞬間に会話を終えるのが常だった。その女の瞳は幸福を表していた。そのような時には、この世界すべてが彼女のものになったかのような気持ちで、快く電話が切れるものだ。あと少しだ、と待っている人たちは、腕時計に何度も目をやりつつ思った。

「もう一枚だけね。もう一度愛してるって言って」

もう一枚のコインを入れた。さらに六分ということだ。人々は眉間に皺を寄せた。火がついた恋というものは彼女をかくも酔わせるものなのか。しかし、この際、六分は長い時間ではない。

「もしあたしが歳をとっても、あなたはずっと愛し続けてくれる？」

「美人の女が誘惑しても、ずっとあたしを愛してくれる？」

「本当にあなたの心の中にいるのはこの世の中であたしだけなの？」

「あなた、まだ奥さんを愛してるの？」

§

みんなが女の方を向いた。その女の顔は再び曇っていた。

「まだ奥さんを愛しているの？」

もう一枚コインを入れた。

「ひでえ！　もう一時間近いぜ」一人の男が怒鳴った。

「おい、姉さん、公衆電話なんだよ。替わってくれよ」

一番長く待っていた男が黄色い電話に顔を近づけて、電話ボックスをコインでたたきながら、わざわざその女の目の前に顔を突き出した。その女は電話の相手に言った。「ちょっと待って」

そして彼女は受話器を胸に押し付けて、一番近くの人に言った。

「すいません、もう少しだけですから。ほんとにあと少しですから」

そして彼女は別の方に顔を向けた。半分囁くように喋っているつもりだったのだが、実際には彼女は押し殺した声で叫んでいた。

「はっきり言って！　まだ彼女を愛しているの？」

風がでてきた。雲が太陽を覆った。空は曇ってきた。

待っている人たちは彼女が鞄からティッシュを出し、垂れてきた鼻水を拭くのをただ見ているだけだった。彼女の目も濡れていた。

「まだ彼女と一緒に寝てるの?」

傍にいた人たちはそこを離れた。座る場所を探した。待つことしか、もはやできることはなかった。風はますます強く吹き始めた。葉っぱが舞っていた。

「よくそんなことができるわね。あたしのことなんか全然気にしてないのね。本当はあたしのこと愛してないんだわ」

一人がわざと咳払いをして注意を引こうとしたが、その女はもはや気に留めていなかった。もう一枚のコインを入れた。

「あなたにとってあたしって何なの? 何なのよ?」

その女はティッシュを地面に捨てて、別のティッシュを取り出した。受話器を首のところで挟んで、鼻水をかんだ。愛のために泣く女ほど心打たれるものはない。

「それじゃ、一人以上の女を愛せるってことなの。同時に二人を愛せるのね」

彼女は可愛く、魅力的で、美しい女だった。その顔は苦悶し悲しみに満ちていたが、それがむしろ彼女を益々美しく見せていた。恋とは女をよりきれいにするものなのか。愛なくして女は美しくなりえないのだろうか。女にとって愛とは何なのだろうか。

「あたしたちの関係って何だったの? 何だったのよ?」

愛の燃えカスが舞っていた。ある時あるところで、いつどこなのかは問題ではないのだが、一人の人間が誰かと簡単に恋に落ちる。ああ、一体、一人の美しい女を苦しめる電話の向こう側にいるのはどんな男なのだろうか。

「あなたにとって愛って何なの。説明してよ、愛ってなんなの」

ガチャン、ツーツーツー。

コインがなくなった。回線も切れてしまった。その女は茫然となった。財布をごそごそ探した。コインはもうなかった。彼女は苛立って受話器を叩きつけた。

さっきからずっと待っていた男がすぐに半ば強引に前にでてきた。別の男も女を威圧するような顔つきで近づいた。みんな大事な用があった。もはや誰一人としてその女を気に留めるものはいなかった。今や雨が激しく降っていたが、彼女は紙幣をたばこ屋でたくさんのコインと交換した後、すぐに再び列に並んだ。

憂いに満ちた顔をした美しい女は雨宿りすることもなく、ずぶ濡れになって待ち続けた。彼女にも大事な用があったのだ。愛についての一つの問いがまだ彼女の胸の内にあったのだ。

（一九九三年三月二一日　タマン・マング）

11　ダ・シルバの門の生首

Kepala di Pagar Da Silva（著作リスト15に収録） 柏村彰夫訳

ダ・シルバという人名は典型的なポルトガル系の名前である。他の登場人物たちもすべてポルトガル系であり、このことはインドネシア人読者にとって東ティモールの人々を意味する。したがって、この作品は東ティモールにおけるインドネシア軍の暴力を描いたものと読める。

神よ。なんたることか。生首がダ・シルバの家の門扉に突き立ててあった。その生首はドアに向かって目を見開き、家から出て来る者を睨もうとしているかのようだった。集落の上には月が、満月が輝いていた。本当に美しい夜で、ピソニアの木もその夜を祝うかのように早めの花を咲かせていた。

浜からの風は緩やかだったが、庭の木々の葉を揺らすには十分で、木々の葉は、擦れ合い、かさこそと音を立てて囁き合い、あってはならないでき事が、どうしていつも起こってしまうのかを嘆いているかのようだった。惨い。惨い。いつになったら終わるのか。

隣家の窓のカーテンの陰から二組の目が外を覗いていた。ひそひそと囁き交わす声が聞こえる。

「奴らは門扉の忍び返しに何を突き刺したんだろう?」

「ど、どうやら、生首みたいなんだが」

「ああ、生首みたいだ」

「誰のだろう?」

「ここからじゃ、はっきりしないが、あのリボンを見たことがある気がする」

「あっちから見てみよう」

隣家の二つの人影は、身を屈めた。家の灯りは消してあるので、家の中でどう動いても外からは見えないのだが、その二つの人影は家の中でも用心して身を屈める必要があると思っていたのだ。やがて、ゆっくりゆっくりドアを開け始めた。

「音を出さないように、気を付けろ」

音をさせずにドアが開けられた。だが、一瞬の後にドアは閉じられた。

家の中では、一人が閉じたドアに背を預けて崩れるようにしゃがみこんだ。

「しーっ…静かに」

はあ、はあと荒い息が聞こえる。暗闇の中で、恐怖を宿した一組の目だけが見えた。

「信じられない…」

「誰の首だった？」

「ロサリナだ！」

「ロサリナだって？」

「ロサリナだ！」

今は、闇の中で二組の目が恐怖の光を映し出していた。

「ロサリナ。なぜ、奴らはロサリナを殺したんだ？」

「なぜ、首を刎ねる必要があったんだ？」

「なぜ、門扉に突き立てる必要があったんだ？」

その時、一群の雲が月を包み、夜は、突然漆黒の闇となった。

「あの首を取ってこよう」

「なぜ？」

「ダ・シルバが気の毒じゃないか」

「なぜ気の毒なんだ?」

「あんなもの見せられるか。ロサリナは一人娘なんだぞ」

ため息が聞こえた。

「どうした? 怖いのか?」

「もう外出禁止時間だぞ」

「ああ、確かに、外出禁止時間だ」

「ペレイラの二の舞はご免だよ。トラックの上で足蹴にされて、銃床で頭を割られるなんてまっぴらだ」

もう一方がため息をついた。

そして、夜は、声を失い、音を失った。ただ風だけが、遠い大陸からの悪い知らせを運んできたかのように、囁いていた。

僅かばかり、ほんの一インチほど開けられたドアの隙間から、それぞれの片方の目だけが外を窺っていた。

月を覆っていた雲の一部が途切れ、銀色の月光が天空を満たしていき、最後にダ・シルバの門扉に突き立てられた首に降り注いだ。

その目は見開かれ、何かを訴えているようだ。生きている人間の目の輝きの意味を直ちに理解できることはままある。しかし、死者の眼光の意味するものを見極めることなどできない。その目は、この世の何かを映し出しているのか、あるいはあの世のことを映しているのか。その目は、彼女が閲《けみ》してきたことを語ることができるのだろうか。

「あの、目の光り、あの目の光りは、俺のことがわかってるみたいだ…」

「しーっ、奴らが来る」

即座にドアはぴたりと閉じられた。トラックの通る音が聞こえてきた。荷台から懐中電灯が照らされ、その光りが首を一瞬照らし出した。トラックは直ぐに通り過ぎた。夜は、再び静寂に戻った。ドアが開いた時、トラックの排気ガスの残りが漂っていた。二組の目が、再び生首を見つめた。額に被さっていた髪は、風によって左右に分けられていた。可愛く結ばれたリボンの端が、揺れていた。赤く縮れた長い髪が、更けゆく夜に揺れていた。

生首はしっかりと突き立てられていた。そんなに尖ってはいない忍び返しの先端に強引に差し込まれたようで、引き抜くのはそれほど簡単ではなさそうだ。首の端から、まだ血が滴っていた。確かに、すらりとした首だった。滴る血の一部は、門扉の格子を伝っていた。荒っぽく切られた首の切断部分からも、直接地面へ血が滴り落ちていた。地中から蟻が這い出てきて門扉の格子を昇り始めていた。一匹のホソハリカメムシが、鼻に留まったが、すぐにどこかへ飛んでいった。一匹の雨蛙が、頭頂部で小便をし、その後飛び跳ねて姿を消した。

再びドアが閉じられ、押し殺したすすり泣きが聞こえてきた。

「し――っ。止せ。もう止せ。しっかりしろ。みんな泣きたいんだ」

「どうして、ロサリナが？　どうして、ロサリナが？」

「もう止せよ、泣きたいのはお前だけじゃないんだ。俺たちは生まれた時からずっと、酷い目に遭わされてるんだ。ダ・シルバの気持ちは想像もできないよ」

「ダ・シルバは、無茶なことをやって報いを受けてもしかたないけど、ロサリナは関係ないじゃないか。あの子は何も知らないんだ…」

泣き声が一瞬大きくなったが、直ぐにまた押し殺した泣き声となった。暗闇の中で、胸中から溢れ出す悲しみに耐えきれないかのように泣いている男の体が揺れていた。

やがて、もう一方が身を屈めて、ティッシュを探しに行った。

「ほら」

鼻をかむ音がした。

「しーっ！」

門扉の片方を開ける音がした。彼らは、ドアの隙間から覗いた。

「ダ・シルバだ！」

ダ・シルバと呼ばれた男が歩いてきた。ファイルを抱えていて、左右を見ることもなく、真っ直ぐに玄関に向かって歩いていった。

まずノックした。

返答はない。

再びノックした。ある種の暗号みたいにノックしているようだ。

依然として返答はない。

彼は自分でドアを開けた。鍵は掛かっていなかった。

足早に家に入り、鍵を掛ける音がした。

夜は静寂を極めていた。隣の家の様子に聞き耳を立てていた二人の耳には、ダ・シルバが何度も呼びかけている声が聞こえてきた。

「ロサリナ！　ロサリナ！　どうして鍵を掛けてないんだ？」

二人は息を呑んだ。

「気付いてない！」

「見てないんだ！」

月が再び雲に覆われた。風が止んだ。門扉に突き立てられた生首の目は、誰かが自分の名前を何度も呼ぶのを聞いているかのように、生きた輝きを湛えつつ家の方を見ていた。あるいは、彼女は本当に聞いたのか。名前を呼ばれるのを聞いて、耳が少し動いたかもしれない。

そして、突然雨が降ってきた。非常に激しく。雷鳴が響く。稲妻が次々に走る。突風が吹き、窓ガラスを振るわせ、木々を揺らせた。地面は一瞬にして水浸しとなった。生首もずぶ濡れになった。髪の毛も濡れた。雨が顔を濡らし、半ば開いた口から雨滴が滴った。目は見開いたままだ。稲妻が大地を照らす度に、その目が、何か告げたいかのように光った。

雨は、生首に群がる蟻を洗い流した。格子に密集していた蟻は、雨水に溶けて流れやすくなった血とともに流れ落ちていった。しかし、蟻は決して諦めようとはしない。生首にたどり着いていた蟻は、皮膚の端にしがみついていた。耳の中に入り込み、そこで雨宿りするものもいた。髪の毛の中に潜り込むものもいた。地面に流れ落ち、水流に流されたものも、なんとかしてじきに戻ってきた。蟻は、無論働くことしか知らないのだ。

家の中で、ダ・シルバは、疲れ果ててベッドに身を投げ出していた。着替えどころか、靴さえ脱いでいなかった。目を閉じると、激しい雨音と吹きつのる風の音が聞こえてきた。

やがてダ・シルバは眠ってしまい、夢を見た。亡き妻が、雨の中を平然と歩いていた。妻は、伝統的な花嫁衣装で着飾っていたが、ずぶ濡れだった。とてもゆっくりと、とても軽い足取りで、妻は手を振りそして通り過ぎて行く。

「マリア!」とダ・シルバは呼んだ。

マリアは、そのまま歩いて行く。

雷光の明滅の中でも、ダ・シルバには、マリアの背中の銃創と、そこから流れ出る血が見えた。

マリアが消えた暗がりから、三人の息子が現れた。彼の寝顔に微笑みが浮かんだ。元気一杯じゃないか。三人とも銃を担ぎ、弾帯を襷掛けにしている。三人は、降り注ぐ雨の中を笑いながら手を振っている。

「ルイ！」

「エウセビオ！」

「マヌエル！」

だが、三人の体に突然ひびが入り、粉々になり地面の上に散らばったのはどうしたことだ？

ダ・シルバは飛び起きた。実のところ、独立を闘い取るために、自分がどれほど大きな犠牲を払ってきたのかを、随分前から考えるのを止めようとしてきたのだった。外はまだ雨だった。恐ろしく激しく降っている。ロサリナは、どこへ行ったのかと思った。まだ隣に居るのじゃあるまいな。

「裏切り者のアルフォンソと会うなんて、ずっと前から気にくわんのだ！」心の中で苛立ちがたぎった。

隣の家では、アルフォンソがロサリナを思って泣いていたが、泣き声は雨にかき消された。

「アルフォンソ、もう止せ。ロサリナの敵を討とう」

「どうやって？　武装したゲリラだって山を降りて降伏してるんだ。俺たちじゃ、何もできない」

「いつだって復讐の方法はあるんだ。いつだってな」

「でも、何をしてもロサリナは戻ってこない」

灯りを消した家の中で、ため息と押し殺したすすり泣きの声だけが響いた。無論、悲しみをこらえねばならなかった。悲しんでいる時間の余裕などないし、また雨が突然雨脚を弱め、小雨になったからだ。家の中で悲しみに包まれていた二人は、またもやトラックの音が聞こえてきて我に返った。

「奴ら、止まったぞ」

アルフォンソも外の様子を覗った。

数名の兵士がトラックを飛び降りた。暗い色の制服を着ていた。会話が聞こえてきた。

「奴は、もう帰ってるのか?」

「帰ってる。だが、まだ見てないな。首が、まだそこにある」

一人が銃の端で生首をつついた。そのため、生首が少し位置を変えた。

「奴に、見せてやれ」

押し殺した笑い声が聞こえた。

「くたばりやがれ。思い知れ」

「よし、もういい。全員、先に乗っていろ」

兵士たちは、トラックに乗り込んだ。一人だけが残り、前屈みになり懐中電灯で照らしながら地面で何かを探していた。

「あったか?」

「あった!」

そして、その兵士は拾い上げた石をダ・シルバの玄関のドアに投げつけた。ドアに当たって、とても大きな音がした。だが、家の中からの反応は直ぐにはなかった。

その兵士が飛び乗り、トラックは轟音とともに走り去った。

隣の家から覗いていた二人には、軍用トラックからの笑い声が、まだ聞こえていた。
足を引きずりながらドアに向かっていた時、ダ・シルバも、その笑い声を聞いた。
雨は止んでいた。バナナの葉先からしずくが滴っている。
ダ・シルバは、ドアを開けた。

（一九九六年一月二二日月曜　ジャカルタ）

12　ジュテーム

Je t'aime（著作リスト6に収録）柏村彰夫訳

作品中の「ある小さな島での虐殺と抑圧」とは東ティモールを想像させる。作品末にはダ・シルバの生首が言及される。主人公は、このような虐殺問題を国際世論に訴えるためにフランスに来た（例えばジャーナリストである）インドネシア人男性だと読める。しかしこの作品の主たるテーマは、暴力への反対という単純なものではない。暴力批判のために行動する正義感とだらしない私生活、世論との連帯と個人的な孤独感、共感と疎外といった分裂を抱える主人公。この分裂を作品末尾でニースの陽光と東ティモールの悲惨さの対比に重ね合わせて描写している。そしてこの分裂を何とか統合しようとする主人公には「ジュテーム」の言葉しかない。これは何とかやりくりして日々を生き延びている現代人の精神世界の写し絵である。

蛇足だがセノに対し「主人公はあなたがモデルなのか？」と愚かしい質問をしたところ、「小説はあくまで小説だ」と至極真っ当に回答された。

真夜中過ぎのジャカルタ、真夜中過ぎの二〇階。ジャカルタで一番きれいな眉をした女性が、俺の白髪を抜いている。

「痛っ！」

「ひと月会わない間に、こんなに白髪増えちゃって、かわいそう」

「痛っ！」

「大きな声出さないの！」

「痛っ！」

「まだ大声出すわけ?」

「ほっといてくれよ、俺はこれでいいんだよ」

「白髪抜きたいの」

「このままの方がいいんだよ、もう年なんだから、いまさら」

「白髪あると、かっこ悪い」

「かっこ悪いとどうなんだ?」

「まだ年でもないし」

「もう年だって…痛っ！」

「ほら見て、こんなにたくさん」

愛おしい彼女の手のひらを見た。愛らしいほっそりした指。そして何本かの長い白髪を見た。

「このままでいいから、抜くなよ。老けて見られたいんだ」

「あたしはイヤ。かっこ悪いもん」

「このままで、…痛っ！」

「ヤだ！　ほんと、たくさんある」

「痛っ！」

「また、あった！」

「どうして抜かなきゃならないんだ。あるがままを見せればいいじゃないか。嘘はなし。白髪があるなら、あったでいいじゃないか。それがどうした、だよ。痛っ！」

「シーッ！　静かになさい。後でキスしてあげるから」

「痛いって！」

「まーだだよ！」

　CNNの番組が、ある小さな島での虐殺と抑圧、そして抵抗について報告しているのが聞こえてきた。目を閉じた。すべてをはっきりと聞き取ることができた。彼女が覆い被さってきたので、息が詰まった。けれど、まだ頭は動いていた。国内での報道を抑えることはできる。命令しなくても、編集者たちは自己検閲を行なっているのだ。しかし、外国からの報道はどうする。BBC、ファックス、インターネット、すべては風のようなものだ。どうやって風を検閲するというのか。

　ベルが鳴った。

「ルームサービスです！」

邪魔をしやがる。

§

小さな家。小さな庭。小さなテラス。亀のつがいのいる小さな池。ジャンブ[*1]の木。スリカヤ[*2]の木。鉢植えのクラディ[*3]。鉢植えのムラティ[*4]。蘭。薔薇。風の音。川のせせらぎ。出てしまったげっぷの音。小魚のボトック[*5]と魚醤のサンバル[*6]で食べたご飯で腹が一杯だったからだ。ホーム・スウィート・ホーム。

彼女は後ろから私の頭を撫でていた。私はといえば、葉先から滴り落ちる朝露の詩を書いた古の中国の詩人たちの生涯に思いを巡らせていた。

「あら！　白髪どうしちゃたの？」

晴天ノ霹靂。夢想ハ霧散。

「どうしてなくなってるの。白髪、どうなっちゃったの？」

茫然自失。

「誰に抜いてもらったの？」

つくり笑いを浮かべながら、脳みそを振り絞った。

「最近抜け毛が多いって言ってたのは、君じゃないか」

「だからって白髪が全部抜けちゃうって、おかしくない？」

「あるんじゃないの」

「ありえないわ」

「どうして、ありえないんだよ。黒い毛だって抜けるんだから。白髪だって抜けないことはないだろ」

「でも、こんなきれいに全部抜けちゃうって、ありえないわ」

「あるさ」

「ふ――ん」

「信じないのか？」

「さあね」

「信用しないのか？」

「白髪を抜いた人がいるのよ、きっと」

「いないよ」

「じゃ、白髪が勝手になくなったってわけ」

「わからない」

「どうして勝手になくなるわけ」

「抜けたら、なくなるだろ」

「ありえないわ」

「白髪を抜いた奴がいるって思ってるのか？　そんなの、いないって」

「誰よ？　正直に言いなさい」

「何を正直に言うんだよ？」

「誰があなたの白髪を抜いたの？」

「いないよ、そんなの。多分、抜けてなくなったんだよ。どうしてだか、わかんないよ」

風が扇風機の羽を回し、屋根の上でバリ製の鳴子が鳴り出した。

「おっ、いつもと違う音がする」と言った。

「話を変えなくったっていいわよ」と彼女が応じた。「私が白髪を抜こうとすると、あなた、いつも嫌がったじゃない。なのに、他の人になぜ抜かせるのよ？　あるがままでいい、白髪があるならあるでいい、抜かなくていい、染める必要もないって言ってたじゃない。これで、あなたの人生は嘘ばっかりだって証明されたわけね」

「今まで一度も信用できなかったって？」

「私が信用するしないの問題じゃなくて、あなたって人が信用に価するかどうかなのよ」

信用。うーん。信用、か。男。女。どちらが信用できないだろうか。

彼女は、家事をしに行った。私は、石の上で口をつぐんでいる亀を見ながら思いに耽った。亀はいつだってわかっている、だがそれを一度だって認めたことはない。

§

「で、話って、そういうこと？」

「うん」

「あんたって人は！」

「僕ってどうなんだよ？」

「ほんとは、いつもそうよ」

「いつもってわけじゃない、って、あんたはいつもそうなのよ」

「違うよ、そういう運命なんだよ」

「運命じゃないの。その気がなきゃ、そうはならないのよ」

「やめようと思ってるんだけど、難しいんだ」

「もういいわ、あんたって人はそういう人なのよ」

「違うよ」

「そうなの」

「違うよ」

「そうなの」

「違うよ！」

「そうなの！」


車のシートを倒した。車を運転する彼女を眺めていた。彼女は靴を脱いでいた。馴染み深い彼女の足を眺めていた。夕暮れの茜の空を眺めていた。街灯が後ろに飛び去って行く。


「ねえ…」

「なによ…」

「本当のとこ、僕はそんなんじゃないんだ」

「じゃ、どうなのよ?」

「僕は、あれさ」

「あれって?　どんな、あれなの?」


私は答えずに彼女の片方の手を握った。彼女は私の手を軽く握り返した。ギアをチェンジしなければならなかったので、ほんの少しの間だったが。たいていのことは言わなくてもよい、口にする必要のないことではないだろうか。きらめく街の夕暮れを眺めていた。時として風景は人の心を映し出すものだが、光を浴びたこの街は私の心を映し出しているのだろうか。夕焼けの光は、やがて街灯に飲み込まれてしまった。すべてはただの幻影にすぎず、無論幻影であり、未来永劫幻影なのではないだろうか。

彼女は哀しい目をしてハンドルを握っていた。

§

ニース。陽光あふれる南フランスの海岸にある町。この町で、ベンチに座って海を見ていた。なぜ、ある詩人に次のような詩が書けたのかがわかった。

七〇の蒼白なカモメ
凍てついた波に
その羽を休める*7

どこも観光客で一杯の海岸で、私は、――自分の娘の首を刎ねられ、常に見えるようにと、その首を家の門扉に突き刺された――ダ・シルバからの伝言を携えてきたことを思い起こした。私はまた、——ある朝父親が村の外れの木に吊り下げられ、村人がその木を見るたびに震え上がった——ダ・コスタからの便りも携えていた。しかし、人は、人の世の悲しい話を少しの間さえも忘れてはならないのだろうか。暖かな太陽が語りかけてくる。真実と虚偽は、昼と夜のように繰り返すものではないのか。

さっき、絵葉書を買った。「絵葉書、送ってね」と言った人たちに、何と書こうか。葉書の絵を見比べてみた。海岸のフェンスに自転車を立てかける男のシルエット。空はあくまで青く、男は誰かを待っている様子。とてもロマンティックだ。別のは砂浜に寝そべる女性の背中の絵柄だ。横たわる女性の背中以上に美しいものがあるだろうか。もう一つは、ニースという文字が書いてある古い建物にある窓の写真だ。とある場所、とある名前、すべてのものは、その意味を区別する必要があるのだろうか。

「許したまえ」と、葉書を書きながら心の中で自分自身に向かって呟いた。

風が潮の香りを運んでくる。今、私は本当に一人きりだ。テーブルの上には宛先の違う三枚の葉書が散らばっている。三枚とも、たった一言だけ書いた。「**Je t'aime**[*8]」と。

【訳註】

＊1　ジャンブ（jambu）…果物名。グアバ。

＊2　スリカヤ（sirkaya）…serikaya が標準綴り。果物名。和名はバンレイシ。

＊3　クラディ（keladi）…里芋の一種。観賞用のカラジウム。

＊4　ムラティ（melati）…ジャスミン。

＊5　ボトック（botok）…ヤシの実の絞りかすを使った料理。

＊6　サンバル（sambal）…インドネシアを代表する調味料。チリ・ソースの一種。

【原註】

＊7　グナワン・モハマド（Goenawan Mohamad）の詩「Cambridge」。詩集『Asmaradana』（ジャカルタ、グラシンド社、一九九二年、一一〇ページ）

＊8　Je t'aime（フランス語）…「お前を愛している」の意味。

13 ゴベール伯父さんの死[*1]

Kematian Paman Gober（著作リスト7に収録）柏村彰夫訳

あまりにもわかりやすいスハルトに対する風刺。一九九四年一〇月に新聞に掲載されたが、それほど問題にならなかった。一九九四年といえば一一月にインドネシアのボゴールでＡＰＥＣ首脳会議が開催され、国際的にはスハルト大統領の威信の絶頂期でもあった。この作品でも「地上最後のベチャ」と同様、有名なキャラクターを利用している。

ゴベール伯父さんの死を、すべてのアヒルが待ち望んでおりました。その瞬間を待ち望むしかなかったのです。ダックバーグの住民が新聞を開くとき、知りたいことはたった一つ、ゴベール伯父さんが死んだかどうかでした。ゴベール伯父さんは、あまりに力があり、あまりに抜け目なく、そして日ごとにお金持ちになっていったのでした。彼の金蔵は軒を連ねて建っており、どれも中はお金で一杯でした。毎日そこで、日ごとに増え続けるお金の勘定を終えた後、伯父さんはお金で「水浴び」をしているのでした。

ゴベール伯父さんは、あまりに金持ちなので、自分が何の工場を持っているのか、もはや覚えることはできなくなっていました。目の前にある工場を見ると、いつもきまってこう言います。「そうだ、忘れていた。そういや、わしは靴工場を持っていたんだ」。このようなことが、サンダル工場、タバコ工場、造船所、時計工場、さらに豆腐やテンペ工場の前で繰り返されました。ゴベール伯父さんの持ちものでない工場は、ほとんどないと言ってもよいでしょう。お金はゴベール伯父さんの金蔵へ流れる込むためだけに刷られているようなものでした。

億万長者クラブ会員番号一番のゴベール伯父さんは、大富豪でしたが、非常にケチなアヒルでもありました。親戚のドナルドに対しても、どれだけドナルドが頑張って働いても、援助をしたためしがありません。それどころか、ドナルドや、その甥っ子のクワック、クウィック、クウェックはいつも彼にこき使われ、アイデアを盗まれ、なのに分け前を与えられたためしがなかったのです。ダックバーグの天才科学者、家の前に「発明家、営業中」と看板を掲げているランリンルンですら、ほとんどいつも一杯食わされているのでした。

大物盗賊団の三人組、シベラット一味が何度もゴベール伯父さんの金蔵に押し入りましたが、運はいつもゴベール伯父さんに味方しました。ゴベール伯父さんは、いつも箒に乗って空を飛んでいる魔法使いのミミにすら負けたことはありません。魔法使いのミミは、ゴベール伯父さんのお守りである「幸運の金貨」を何度か奪い取ったことがあるのですが、この薄汚れた金貨は最後には決まって奪い返されるのでした。ゴベール伯父さんが努力家であることは間違いありません。若い頃は金鉱山で働いていました。金鉱山を見つけたことが元手となって、その後ダックバーグでは並ぶ者のない大金持ちになったのでした。

ダックバーグの長老であるドナルドのお祖母さんは、今は町はずれの農場でひっそりと暮らしていたのですが、ゴベール伯父さんが世界中の子どもたちに愛されていることを憂えておりました。ゴベール伯父さんは、あこがれの伝説のアヒルとなっていたのです。ゴベール伯父さんは、とても強欲で、とてもケチです。でも、嫌われてはいません。誰かが、彼を脅かしたり、彼と競ったり、つまり大金持ちとしてのゴベール伯父さんの地位を脅かす者がいると、その者が敵役になってしまうのです。ゴベール伯父さんは「ぴた一文」をなくしただけで、さめざめと泣くことができるのです。彼はお手本にできるようなアヒルではないのに、どうしてこれほど愛されているのでしょうか。

「世の中、あべこべになっちゃったのねえ」とお祖母さんは、怠け者で大食らいのガス・グースに言いました。でも、ガスはアップルパイを食べる夢を見ながら眠っているのでした。


「いつか、きっと死んじゃうよ」とクウィックが言いました。

「そりゃそうさ、でもいつなんだ？」とクワックが応じます。

「クウェック」と一言クウェックが言いました。なんてったってアヒルですから。


ということで、毎朝、ドナルドの飼い犬ルバスは、玄関から部屋の中へと新聞を運んでくるのでした。

「まだ、死んでない！」

ドナルドは、直ぐに悔しそうに新聞を投げ捨てます。というのは、新聞には読むべきニュースがないからでした。記事はたくさん載せてありますが、ニュースではありません。文章はたくさんありますが、情報ではありません。文字はたくさんありますが、知識ではありません。新聞は、報道の手段ではなく、ただの紙切れと成り果てていたのでした。

すべてのアヒルがゴベール伯父さんの死を待っていました。それこそが、皆が一番心待ちにしているニュースだったからです。ゴベール伯父さん自身も、実は死ぬ用意ができていました。なにしろダックバーグの古顔の世代に属していて、相当な高齢だったのですから。自分のお墓のために、山を一つ買ってあり、そこに廟を建設してありました。なので、ゴベール伯父さんは死ぬことを厭っているのではなかったのです。死への準備はできているのでした。

「もちろん、わしのような年齢のアヒルは、大概おのれの限界を知って、墓に入る覚悟はできていないとな。だから、億万長者クラブの会長を頼まれたとき、困ったことになったと内心思ったんだ。いつまでやれるのかとね。ほかに会長になれるアヒルはおらんのかと」

このような文章が、自伝『アヒルのゴベールの内面的葛藤』に載せられたのでした。この本は、成功したいと願うアヒルたちの必読書となりました。この本のどの章にも、ゴベール伯父さんがどうやって財をなしたかという話が書いてありました。海賊の秘宝、黄金の島から始まって、追加手当を払わないでもアヒルたちを仕事中毒にしてしまう野菜の話まで書いてありました。最終章は、「私はいつまで権力を持つのか？」という題名が付けてありました。もちろんのこと、ゴベール伯父さんは、億万長者クラブ会長の最長記録を持っていたのです。選挙は、民主主義的であるかのように行なわれるのですが、なぜかいつも彼が選ばれるのでした。あまりにも彼ばかり選ばれるので、まるで他の候補がいないかのようになってしまいました。

「ふざけるな、替りのアヒルがいないわけないだろ」

ゴベール伯父さんは、いつも礼儀正しく振る舞いました。しかしながら、どういう訳か、今やアヒルたちは彼を恐れるようになりました。ゴベール伯父さんは、あまりに力があり、あまりに金持ちだったのです。毎日の行事は、金での水浴びです。ドナルドが、なぜゴベール伯父さんは隣近所を助けないのか、と批判するように問いかけた時、ドナルドへの経済的援助は即座にストップされてしまいました。

「この身の程知らずが。援助してやっているのに、文句を言うか」

「僕に、喋る権利はないのですか?」

「ごちゃごちゃ文句を言わなければな。うるさく言うと、絞めてしまうぞ」

「うわあ、なんて酷い。アヒルを絞めるのは人間のすることですよ」

「アヒルが人間より残酷じゃないとは、誰の言いぐさだ?」

「だって、人間はアヒルを食べるけど、アヒルは人間を食べますか?」

「はっきり言えるのは、人間は人間を食うってことだ」

「伯父さんは同類のアヒルを絞めるって言うけど、人間の真似をしてみたいんですか?」

ゴベール伯父さんには敵が多かったのですが、彼を打倒できなかった多くの敵を、自分の度量の大きさを見せびらかすために飼っていました。ゴベール伯父さんは、しょっちゅうテレビに出ました。ゴベール伯父さんが話し始めると、その長たらしい言葉に視聴者が居眠りしようとも、伯父さんを恐れて画面が切り替わることはなかったのでした。ゴベール伯父さんは、いつもアヒルたちに対して、自分のように懸命に働くように呼び掛けました。そして、近頃は、ダックバーグの住民に対する自らの貢献を繰り返し語るようになりました。

「もし、わしが道路や噴水や記念碑を建てなんだら、ダックバーグはどうなっていたかね？」

誰も反論する勇気はありませんでした。誰も口を開く勇気はありませんでした。

「ゴベール伯父さん」と、ある日ドナルドが言いました。「なぜ、伯父さんは引退して、お祖母さんみたいに農場で静かに人生の意味を考えようって思わないんですか？　俗世のあれこれから身を引く潮時じゃないんですか？」

「いや、わしもそうしたいんじゃ。田舎で暮らしたいんじゃよ。釣りやゴルフをし、サユール・アスム*2でも食べて、アヒルの人生哲学の本でも読んでな。だが、会長に推薦されて断れると思うか？　すべてのアヒルが与えてくれる名誉を断れると思うか？　正直言うと、家畜の世話の方が楽しいんじゃが」

ということで、指導者の交代もなく、日々が過ぎていきました。民主主義は行なわれているのですが、指導者についての議論はありませんでした。指導者が誰かは決まっているのですから。クラブの幹部たちは、選挙で交代することもありましたが、ゴベール伯父さんの地位について問題にされることはありませんでした。クウィック、クウェック、クワックのような生徒たちは、他の町の指導者たちの移り変わりを勉強した時に、とまどいを覚えました。ダックバーグの指導者は永遠に一人だけのように思えたからです。ゴベール伯父さんが権力を握った後で生まれた若い世代には、そもそも指導者というものは替えることができるのかどうか、わからなくなっていました。彼らは、ゴベール伯父さんが永遠に指導者であることが、あるべき姿だと思っていたのです。

そして、これこそが災いの元でした。子どもたちはゴベール伯父さんを愛しておりました。ゴベール伯父さんの生涯がマンガになり、各国語に翻訳されました。とてもケチで強欲な金持ちのアヒルが、新たなお手本となったのです。お祖母さんには、時とともに進歩していくはずの教育が、なぜそのような価値観を認めているのかがわからず、考えを巡らせておりました。若い世代は、ゴベール伯父さんを真似ようとしておりました。できるだけ金持ちの、もしできれば世界で一番金持ちのアヒルになろうと。

「世界で一番の金持ち?」とクワックが尋ねました。

「そうよ、世界で一番の金持ち」とお祖母さんが答えます。

「それって、アヒルの生きる道なの？」
「いいえ、それはゴベール伯父さんの生きる道なのよ」

その時、静まりかえった金蔵の中で、ゴベール伯父さんはたった一人で、一セントずつお金を数えておりました。もはや目はかすみ、羽根は抜け落ちておりました。本当のところ、すでにボケてしまっていたのですが、それでも他の誰かに取って代わられることはないようでした。

すべてのアヒルがゴベール伯父さんの死を待ち望んでおりました。その時を待ち望むしかなかったのです。ダックバーグの住民が新聞を毎朝開くとき、知りたいことはたった一つ、ゴベール伯父さんが死んだかどうかでした。新聞の一面に載ったゴベール伯父さんの死亡記事を読むことを、毎朝皆が願っておりました。

（一九九四年八月一六日　ジャカルタ）

【原註】

＊1　ゴベール伯父さんは、ウォルト・ディズニーの創作したドナルド・ダックの物語シリーズのキャラクターである。

【訳註】

＊2　サユール・アスム（sayur asem）…sayur は「野菜」。asem はジャワ語で、インドネシア語の標準綴りだと asam となり「酸っぱい」を意味する。タマリンドの酸味を効かせた野菜スープ。

14　クララ——レイプされた女性の物語

Clara（著作リスト7に収録）森山幹弘訳

一九九八年五月のスハルト政権崩壊直前にジャカルタで略奪、放火などの騒乱事件が発生した。その際に華人系女性に対する暴行事件も頻発した。セノはこの騒乱事件をモチーフにした作品を多く書いているが、この作品はその代表例。語り手は公安関係者を思わせる。語り手自らが冒頭で語るように「信頼できない語り手」の典型だが、その信頼できない語り手が思わず本当のことを告げてしまったとも解釈できるところが、この作品の仕掛けである。

俺は一人の犬なのかもしれない。俺は一人の豚なのかもしれない、でも、俺は制服を着ている。おまえは俺がいったい何者なのか知ることはないだろう。

俺の前にその女は座っている。髪の毛を赤く染めて。本当は茶色なのだ。でも、人は赤だと言う。赤という色は俺には別の意味を持っていた。何年もの間、赤の人間は危険な人間なのだと教え込まれてきた。

だから、俺はわざわざ髪の毛を赤く染めているこの女を信用する必要などない。もしかすると頭の中まで赤いのかもしれない。もしかすると心も赤いのかもしれない。誰にもわかりゃしない。女の話そのものは正直言ってそこそこ感動的だったが、俺は彼女の言うことなど信じる必要などないのだ。

女は理解不能なことばで喋った。インドネシア語が下手だったというのではなく、体験したこと、感じたことがまるでことばにならなかった。インドネシア語はよくできた。彼女の美しい顔は想像もできない心の傷で満たされていた。俺は彼女が話し始める前ですらもう心を動かされかけていた。人間というものが、正に人間に生まれてきたということのために、かくも重い苦しみを背負いうるのだとは想像もつかなかった。女のことばはつながらなかった。ことばは乱れ意味をなさなかったので、俺は自分で繋げねばならなかった。人間が経験しうるどんな苦しみが喋ることさえできなくするものなのか?

だから、おまえが今聞く話は彼女のことばではなく俺のことばなのだ。俺はもう何年も報告書を作る仕事をしてきているが、ほとんどの報告書が事実とは一致しないものだった。俺は苦渋に満ちた事実を楽しい話に作り替えることにかけてはプロだったし、その逆に実際には愛国心に満ちた行為であったものを国家転覆を企てようとした話にすり替えることにも長けていた。要は求められているものにいつも合わせるのがコツなのだ。だから、彼女の苦悩のせいでとぎれとぎれになったことばを繋ぎあわせることなど、俺には朝飯前のことだった。

§

私がBMWで高速道路を飛ばしていたとき、すでにあちこちで火の手が上がっていた。家から電話がかかってきた。

「帰ってこないで」ママは言った。彼女によると、住宅地はすでに取り囲まれ、近所の家々は略奪され焼かれている、そしてパパ、ママ、妹のモニカとシンタは家の中に閉じ込められどこへも逃げ出せないとのことだった。「帰ってきちゃだめよ。身の安全だけを考えなさい、すぐにチュンカレン空港*へ行ってシンガポールでも香港でもチケットのあるところへ飛びなさい。あなた、いつもパスポート持ってるわよね。車は駐車場に置いていけばいいわ。もしシドニーへ飛ぶしかなければ、それでもいいわ。無事でいてくれれば。そこには叔父さんと叔母さんがいるんだから」ママは続けた。

実際、私はこのところ頻繁に海外へ行っていた。ドル建ての借り入れが急に膨らんだせいでほとんど倒産しそうになってしまったパパの会社を建て直すためにあちこちへと飛び回っていた。私は労働者を解雇しないよう主張した。哀れみからというだけでなく、それは暴動を引き起こすからだ。パパはひどく怒った。「もう労働者に払う金なんかないんだ、生産は止まっているし、作ってももう買う者だっていない。今じゃ、労働者たちは海外の合弁会社の補助金で暮らしてるんだ。儲けを持っていかれて会社の連中だって腹をたてている、いつまで彼らが実際は働いてもいない者たちに金を出してくれるっていうんだ？」私はそれでも頑張った。そこでパパは私に香港、北京、そしてマカオの合弁会社の利益を上げる仕事をさせた。そのおこぼれによってなんとか労働者を食べさせていくことはできた。でも一方で、我々の生産はもう止まっていたのだった。そんな訳で私は外国へ行ったり来たりすることが多かったし、いつも鞄の中にパスポートを入れていた。

でも私の家族が家の中にまるで鼠のように閉じ込められているというのに、どうして今私だけが逃げられるというのだろう？　早く家に着くようにと高速道路を飛ばした。確かに最近、暴動が多いとは聞いていた。学生のデモが騒乱と呼ばれていた。正直言って一体何が起こっているのか私にはよくわからなかった。ビジネスの世界にどっぷりと漬かっていた。新聞はただ見出しを読むだけだった。それさえ何のことだかよくわかったためしはない。でも少なくとも、住宅街や商店や、通り過ぎる車を焼き打ちしたり略奪したりするのはきっと学生ではない。それくらいの確信は私にもあった。学生でなくても、意図的に火をつけたりするものがいなければ、普通は他人の家をわざわざ焼こうとするものなどいない。

私はアクセルを踏み込んだ。ＢＭＷは飛ぶように疾走した。道の両側に夜を照らす炎が見えた。高速道路は閑散としていて、ＢＭＷは一二〇キロのスピードで飛ぶように走っていた。一〇分もしないうちにすぐに家に着くはずだった。でもその時、私は前方にひとかたまりの人がいるのに気づいた。車を急停止するのは難しい。このままでは人をはねてしまう。歩行者は高速道路内に入ってはいけないはずなのに。私は人をはねたくなかった。急にブレーキを踏むと車が横転してしまうと思い、私は少しずつ少しずつブレーキを踏んでいった。タイヤがアスファルトを擦るキィ――という音をたてた。その音は、車の持ち主が高慢な人物であるという印のように思われがちだった。

止まった後、私は人が二五人ばかりいるのに気づいた。全員男だった。

「窓を開けろ」一人が言った。

私は窓を開けた。

「中国人だ！」

「中国人だ！」

彼らはダイヤの宝石でも見つけたみたいに叫んだ。考える暇もなくＢＭＷのフロントガラスが叩き割られた。これほどまでにこの人たちは中国系の人を憎んでいるのだろうか？　私は実際、中国人の子孫だったが、中国系として生まれたことに何の過ちがあるというのか？

「私はインドネシア人です」震えながら言った。

バ――ン！と車の屋根が殴られた。一人が荒々しく窓から私を引きずり出した。私はズタ袋のように投げ出され、道路に転がった。

「ふざけんな、お前の目はこんなに細いくせに、インドネシア人だと！」

私の頬は白線が引かれた道路にくっついていた。ゴムぞうりを履いた足、何人かは裸足のままで、靴を履いていたのは一人だけ、くたびれ果てた垢まみれの足を私は見ていた。彼らの足は垢だらけで乾いた泥がいっぱいこびりついていた。

「立て！」

私は立ち上がったが、高いヒールの靴のせいで転びそうになった。一人が車の中を覗き込んでいるのが見えた。ダッシュボードの蓋を開け私の鞄を取り出した。中身が道にぶちまけられた。財布、コンパクト、鏡、アイブロウ、マスカラ、口紅、携帯電話、そして昨日恋人と一緒に観た映画のチケットの半券が散らばった。財布はすぐに拾い上げられ、半ば奪い合うようにすぐさまお金は山分けされた。一〇〇万ルピアの現金があっという間になくなった。どうってことはない。ガラスは割られたけれど車はまだ走らせることができるし、現金は私には必要ない。

財布の中に恋人の写真があった。さっき財布を拾い上げた男がその写真を取り出し、私に近づいてきた。

「おまえ、こいつとやったのか？」

私は黙っていた。彼の意図が何であれ、答える必要などない。

パシッ！と平手打ちがとんだ。唇が痛んだ。たぶん切れたんだろう。

「答えろ！　やったんだろ？　中国人に宗教なんかねえんだから！」

答える必要はなかった。

バンッ！　殴られて私は倒れた。

別の一人がその写真を覗き込んだ。

「おー！　恋人はジャワ人じゃねえか！」

私は恋人のことを思った。彼がジャワ人か中国系かなんて気にかけたことなどなかった、私にわかっていたのは愛ということだけだった。

「調べろ！　こいつがまだ処女かどうか！」

私の手は反射的にタイトスカートをおさえようと動いた、でも手は動かなかった。二人の男がそれぞれ私の右手と左手をつかんでいたのだ。スカートが引っ張られる感じがした。足をじたばたさせて蹴った。するとまた二本の手が私の両足をつかんだ。

「助けて――！」私は叫んだ。垢のこびりついた足の裏で口が塞がれた。私の口を踏み付けている男の顔はとても冷ややかに見えた。何十本もの手が私の体をまさぐり撫で回した。

「黙れ、中国人が！」

スカートはすでに下ろされていた。ショーツが引きちぎられて…

§

その女は泣いていた。本来なら俺も心を動かされるはずだった。本来なら。道端で売られている三文小説を読んだりすると俺だって感動くらいする。だが、心を動かされるというのは俺のような警官にとっては良くないことだ。俺は詳細かつ客観的、叙述的に書き留めなければならないし、さらにことばの裏に別の意図がないか探らなければならない。そのまま信用してはいけない、常に疑い、休みなく可能性を推理し、相手を袋小路に追い込み、罠をかけ、そして速やかに自供するように疲れさせるのだ。感情をそうすぐに信じてはいけない。感情には騙されることがある。どだい感情とは主観的なものだ。それに俺はこの場では主体ではないのだ。ただの道具だ。ロボットだ。良心なんかクソ食らえ。俺は調書を作る警官にすぎない、そして報告書というものは詳細でなければならないではないか?

「君のパンツが脱がされて、それでどうしたのかね?」

彼女は再び泣いた。そして、とぎれとぎれに語った。実際、この女の話を繋げるのはとても難しかった。泣くだけではなかった。時には気を失った。致し方ない、俺は質問を続けねばならなかった。

「私はパンツが脱がされてから何が起こったのか知らなきゃならない。もし君が喋らないなら、調書になんて書けばいいんだ?」

§

どのくらい気を失っていたのかわからない。目を開けたとき、星だけが見えた。この広大な自然の真っただ中で、いったい誰が私の運命など気にかけるというのか？　私はまだ高速道路に投げ出されていた。湿った夜風が吹いて焦げた臭いを運んできた。首を伸ばすと私のＢＭＷがすっかり燃えてしまっているのが見えた。災難を象徴するための美しい火というものをその時初めて見た気がした。私の鞄の中身はさっきと同じように散乱していた。携帯電話が早い点滅を繰り返していた、誰かがメッセージを残した印だ。

私は体を動かそうとした、突然、股間に鋭い痛みを感じた。まるで太ももの間に槍を突き刺されたみたいだった。私の心の痛みをどう表現すればいいのか。私はそれを表す単語を知らなかった。ことばを知らなかった。私はビジネスのためのインドネシア語と英語だけしか知らない。中国語は感情を表現するのにとても豊かなことばだと人は言う、でも私は値段に関すること以外、どんな方言であっても中国語はまったくできなかった。私はただの一人のジャカルタ生れの中国系の女性で、小さいときから商売に専念してきた。ことばの専門家でもないし、詩人でもない。インドネシア語大辞典の中には痛み、辱め、苦さ、そして中国系の女性だからという理由で、何人もの男に次から次に強姦された女性が味わった屈辱の思いを表しうる単語があるのか、私にはわからない。私の恋人は口づけするのさえあんなに気を遣うのに。私の股間は痛む、でもすぐに治るだろう。でも私の心の傷は死ぬまで抱えていかなければならないのかもしれない？　私たちを誰が守ってくれるというのか？　私たちはただ憎まれるためだけに生まれてきたのか？

私は腰の曲がった一人の老女がやって来るまで動くことができなかった。彼女はすばやく私の体を腰巻き布で覆ってくれた。

「あの子たちを許しておくれ」老女は言った。「心底、中国人を憎んでいるんだよ」

そのことばの意味を私は理解するゆとりがなかった。私は腰巻き布で体を包み、そして鞄の中身が散らばっているところまでよたよたと歩いて行った。携帯電話を取り上げ、パパの伝言を聞いた。

「もしこの伝言をおまえが聞くなら、おまえが無事に香港かシドニー、悪くしてもシンガポールに着いていてくれることを祈る。クララ、気を確かに持ちなさい、お前の二人の妹たち、モニカとシンタは強姦されたあと火の中へ投げ込まれた。ママも強姦された、そして四階から身を投げた。パパも後を追うだろう。パパには生きることにまだ意味があるのかわからない。パパはもう死んでしまいたい」

§

彼女はまた泣いた。涙もなく。そして気を失った。俺は彼女を椅子の上でぐったりしたままにしておいた。彼女は腰巻き布を身に付けているだけだった。高速道路沿いの村に家のある老女が彼女を救った。「道路の脇に裸で投げ出されておりました」その老女は言った。俺はこの問題を主任に報告した。電話口で彼は怒鳴った。「またか！　今日はこんな事件ばっかりだ。そこに拘留しとけ。誰にも知られるな。特に記者とＮＧＯには知られるな！」

警察署の用務員が気付け薬を彼女の鼻に嗅がせた。目が再び開いた。

「それで君は強姦されたと言いたいんだな？」

彼女は俺をじっと見た。

「でもさっき言ったじゃないか、君はすぐに気絶したって…そのなんだっけ…パンツを脱がされた後だったか？」

彼女は信じられないという表情で俺を見つめた。

「大勢の男たちが君を強姦したとどうやって証明できるのかね？」

なんとも言えない感情が彼女の目をよぎるのを見た。唇はぽかんとあいたままになった。確かに殴られて切れていたが、でもそれはこの女性の魅力をそいでしまうものではなかった。きっと彼女は金持ちの女性にちがいない。車だってＢＭＷだ。上流の女性だ。俺だって金持ちになりたいさ、でもあちこちで絞り上げたり賄賂を取ったところで、いつまでもこんなざま、金持ちになんかなれっこない。ＢＭＷに乗ったことさえない。実際、金持ちたちを妬んでいる、特にそれが中国系ならなおさらだ。俺は心底憎んでいる。ああっ。腰巻き布が滑り落ちた。そして真っ白な肩があらわになった。

「そう簡単に強姦されたなんていう噂を流しちゃいかん。強姦というのは一番立証するのが難しいんだ。下手をするとおまえの方がデマをまき散らしたと言われるぞ」

彼女の目に一瞬、怒りの光が走った。彼女が勇気を出して語ったということは、彼女が強靭な精神を持ち合わせた女性であることを意味していた。

「帰ります」彼女は立ち上がった。肩に腰巻き布だけをまとって。その布の長さは十分ではなく、真っ白で染み一つない足がむきだしだった。

「そこで寝ていきなさい。外はまだ騒々しいし、店も焼かれてる、それに大勢の中国系の女性が強姦されている」

「いいえ、帰ります」

「こんな騒然としたときに誰が送ってやれるものか。そうやって歩いて帰ろうって言うのか？警察の詰め所さえもあちこちで焼かれているんだ」

彼女は黙った。

「そこで寝なさい」と、俺は長いすを指さした。「明日になれば帰るがいいさ」

彼女がそこへ歩いていくのが見えた。電球の明かりの中で、体のくびれが艶めかしく見えた。彼女は髪を赤く染めていたけれど、本当に美しく魅力的な女性だった。俺だって強姦したいって気にもなるさ。さっきも言ったけど、たぶん俺は一人の犬だ、たぶん一人の豚だ——だけど俺は制服を着ている。おまえは俺がいったい何者なのか知ることはないだろう。問題は、獣医学によると、動物でさえ強姦することはないそうだ。

もちろんこの一件について俺は主任に報告する必要はない。ただおまえにだけ正直に話してやる、これはすべて秘密だ。だから、誰にも話すんじゃないぞ。

（一九九八年六月二六日　ジャカルタ）

【訳註】

＊　チュンカレン（Cengkareng）空港…正式名称はスカルノ・ハッタ国際空港。チュンカレンは空港があるバントゥン（Banten）州の地名。ジャカルタの最寄りの空港。

15　作文の時間

Pelajaran Mengarang（著作リスト8に収録）森山幹弘訳

小学生の作文の授業を描いた作品。牧歌的な状況を予想する読者を裏切る展開とラストの見事さから典型的な（完成度の高い）短篇小説であると言えるだろう。ただ、構成の巧みさだけではなく、しっかりと社会性も含まれている。教育制度に対する批判と読むことも容易だ。

果たして彼女はこの作文を何らかの意図を込めて書いたのか、あるいはただひたすらに課題をこなしただけなのか。善意の抑圧者たる教師に対する意識的な抵抗者か、従順な反逆者か。

更に、この物語を読む我々は、教育制度を通過してきた者であり、どのような作文を書いてきたのか、書かせてきたのか。この作品はそこまで射程に入っていると言うのはいささか強引に過ぎるだろうか。

作文の時間が始まった。

「みなさん、六〇分間です」とタティ先生が言った。五年生のクラスの子どもたちは、頭を机に擦り付けんばかりにして書いている。タティ先生はホワイトボードに三つの題を書いて、その中から一つ選ぶように言った。最初の題は「幸せな私たちの家族」。二番目の題は「休みにお婆ちゃんの家へ行ったこと」。三つ目は「母」。

タティ先生は額に皺を寄せながら作文している可愛い子どもたちを見つめていた。紙にペンがやさしく擦れる音が聞こえる。子どもたちは自分の世界に入り込んでいるのだと、先生は思った。分厚い眼鏡の奥から、タティ先生はこれからの長い将来、この子たちがいったいどんなことを経験することになるのかと思いを巡らせながら可愛い四〇人の子どもたちを見つめていた。

すぐに一〇分が過ぎた。しかし、一〇歳になるサンドラは紙に一つの文字さえ書いていなかった。彼女は窓の外を見つめた。激しい風に吹かれて枝が揺れている。彼女の頭の中に広がっている光景を置き去りにして教室の外へ逃げ出してしまいたかった。彼女が現実を思い出さざるを得ないのは、タティ先生が「幸せな私たちの家族」、「休みにお婆ちゃんの家へ行ったこと」、「母」について考えるように言ったからだった。サンドラはタティ先生を恨めしく睨んだ。

作文の時間のたびに、サンドラは本当の意味で作文しなければならなかったから、いつもとても困った。他の子どもたちのようにあるがままを彼女は書けないのだった。タティ先生が出すどんな題でも、同じクラスの子どもたちは、ただ体験したことを書けば良いのだ。しかし、サンドラにはそうすることができず、本当に話を作らなければならなかった。そして今も彼女はどれも気乗りしない題から一つを選ばなければならないのだった。

「幸せな私たちの家族」について考えてみると、サンドラの頭に浮かぶのは散らかった家の様子しかなかった。飲み物の空き瓶や空き缶がテーブルの上、床、そしてベッドの上にまで散らばっていた。ビールがこぼれ、シーツがどこかへいってしまってむき出しになったマットレスの上に飛び散っていた。枕はカバーがなかった。閉じられていたことがない部屋の扉と、鼾をかいて眠りこけている何人もの人間たち、サンドラが学校から帰ってきた時でさえその有り様だった。

「裏へ行きな、父なし子！　母さんのお客の邪魔をするんじゃないよ！」と、記憶の中で声がした。いつも忘れようとしていたのだが。

§

一五分が過ぎた。サンドラは幸せな家族について何を思い描いたら良いのかわからなかった。

「母さん、サンドラに父さんはいるの？」

「もちろんさ。でも誰だかわからないのさ。たとえ誰だかわかっても、お前の父親になってくれるかわかりゃしないさ。わかったかい！　父親なしで生きることを学ぶのさ。父親なんて糞喰らえだ！」

サンドラは正直になるべきなのか? いいや、彼女は作文しなければならない。でも、何よりも書くべきもののイメージが浮かばなかった。

二〇分がすでに過ぎた。タティ先生は教室の前を行ったり来たりしていた。サンドラが「祖母の家へ行った休暇」に類することについて考えてみると、頭に浮かんでくるのは鏡の前で化粧している女性の姿だった。厚く塗りたくって化粧した皺だらけの顔をした女性。赤が彼女の唇にとても厚く塗られていた。黒は彼女の眉にとても厚く。そして香水はサンドラの気分を悪くさせるほどきつかった。

「ぐずぐず言うんじゃないよ! 後であたしの仕事場に連れていってやるからね。でも見たことを誰にも話すんじゃないよ、わかったね? でないと承知しないよ!」

その女性は年老いて、煩わしかった。サンドラは誰なのか知らなかった。彼女の母親はその女性をママさんと呼んでいた。が、誰もが彼女のことをママさんと呼んでいるようにサンドラには聞こえた。彼女の子どもはそんなに多いのだろうか? サンドラの母親は、数日どこかへ遠出するときには、そのママさんにサンドラを預けることが多かった。

その女性の仕事場は暗かったけれど、大勢の大人がべたべたと抱き合っているのがサンドラには見えた。サンドラにも賑やかな音楽が聴こえたが、ママさんにはじっと見てるんじゃないと言われた。

「それは誰の子だ?」

「マルティだよ」

「父親は？」

「知るもんか」

今でもサンドラにはわからなかった。どうしてガラス張りの部屋に何人もの女たちが座って、彼女たちを男たちがじろじろと見て、指さすのか。

「小さい子どもをこんなところに連れてくるなんて」

「マルティから預かっているんだよ。家に一人で置いとけないのさ。犯されでもしたらそれこそ面倒なことになるよ」

サンドラはまだ窓の外を見ていた。外は青い空だった。一羽の鳥が堂々とした羽を広げて飛んでいた。

§

容赦なく三〇分が過ぎた。サンドラは「母」について考えようとした。母親について書こうか？　サンドラは美しい女性を思い浮かべた。いつも煙草を吸って、昼頃に起きてくる、そして食事の時には右足をいつも椅子の上にあげて手で食べる女性。

その女性は私の母なのか？　いつか夜中に目が覚めたとき、その女性は独り泣いていた。

「母さん、母さん、どうして泣いてるの？」

その女性は答えず、サンドラを抱いて、ただ泣くばかりだった。今もまだそのことをサンドラは覚えている、でも再び尋ねることはなかった。質問すると、きっと「お黙り、このガキ！」あるいは「おまえには関係ないよ、この父なし子！」それとも、「食べさせてやって、学校にもきちんと行かせてやっているだけでも有り難く思いな。つべこべ言うんじゃないよ、くそガキ！」という返事が返ってくることが、サンドラにはわかっていたからだった。

ある晩のこと、その女性は酔って千鳥足で帰ってきた。客間で吐いてそのまま起き上がれずに転がってしまった。サンドラは何も聞かずに吐瀉物を掃除した。彼女の母親という女性は酔っぱらって帰ってくるのが常だった。

「母さんの仕事はなんなの？」

そのような質問をすると、このひとつの言葉に対してどれだけ多くの罵詈雑言が彼女に浴びせられることになるか忘れてはいなかった。

もちろん、サンドラにはその女性が自分を愛していることはわかっていた。毎週日曜日には、その女性はこっちのショッピングセンター、あっちのショッピングセンターへとサンドラを連れていってくれた。そこで人形、洋服、アイスクリーム、フライドポテト、フライドチキンを買ってくれた。サンドラが食べていると、いつもその女性は飽きることなどないかのように、愛情に満ちた目で彼女のことを見ていた。アイスクリームで汚れたサンドラの口を、「サンドラ、サンドラ…」と囁きながらいつも拭いてくれたものだった。

時々、寝る前にその女性は色刷りの英語の絵本を読んでくれた。物語を読み終えるとサンドラにキスをして、良い子になるよう約束してと言うのだった。

「母さんに約束してちょうだい、サンドラ、すてきな女性になるように」

「母さんみたいに?」

「違う、母さんみたいじゃないのよ。けっして母さんみたいになっちゃだめ」

サンドラは約束を守ろうといつも努めたし、実際、言うことを良く聞く子どもになった。しかし、その女性はいつもそのように優しくはなかった。サンドラはむしろ別の姿の方を頻繁に目にした。だから、サンドラの頭に浮かぶのは、煙を吐き出し続ける赤い唇、いつも酒の匂いがする口、とろんとした目、青白い顔、そしてポケットベルだった。

サンドラは母親のポケベルに表示されたことをいつでも思い出すことができた。ポケベルが鳴って、母親が鏡の前で化粧をしているときには、サンドラにボタンを押して読んでくれるように頼んだ。

マンダリンで待つ、部屋:五〇五、二〇:〇〇時
サンドラにはそのポケベルがホテルの名前、部屋番号、そして約束の時間を示しているときはいつも、母親の帰りが遅くなるとわかっていた。時には、二~三日も帰らないことすらあった。そんなときには、サンドラはとてもその女性のことを恋しく思うのだった。でも、仕方がない、それを口に出してはいけないことを彼女は学んでいた。

§

すでに四〇分が過ぎた。

「書けた人は提出しなさい」とタティ先生は言った。

サンドラの紙には一字も書かれていなかった。まだ白いままで、一点の汚れもなくきれいだった。その日まで人生でこれといった問題を抱えたことのない何人かの子どもたちはすらすらと書いていた。その内の何人かはもう書き終わり、提出した後すぐに教室の外へと走って出ていった。

サンドラはどの題で書くべきかまだ迷っていた。

「サンドラ、まだ何も書いてないわね」と、突然タティ先生が尋ねた。

サンドラは答えなかった。題を書き始めた、「母」と。でも、タティ先生が行ってしまうと、また考え込んだ。母さん、母さん、声に出さずにつぶやいた。心の中でさえ、サンドラはただつぶやくことに慣れてしまっていた。

ある夜、ベッドの下に移されたときもただつぶやいていた。その女性はおそらく彼女がまだ眠っていると思ったのだろう。眠っているからサンドラはベッドの上の長かったり短かったりする喘ぎ声を聞くことはないと思っていたのだろう。その女性は自分自身が力なく身を投げ出し、彼女を抱いている男が大きな鼾をかいているとき、サンドラがまだ起きているとは思いもしなかった。その女性は、ベッドの下でサンドラがその頬を涙で濡らしながら声を殺して「母さん、母さん」とつぶやいているのさえ聞いてはいなかった。

「さあ時間です、全員出しなさい」とタティ先生が言った。

すべての子どもは立ち上がり先生の机に作文を積み重ねた。サンドラはそれらの真ん中に紙を潜り込ませた。

§

家でテレビを見ながら、まだ結婚していないタティ先生は生徒たちの作文を採点していた。その半分まで読んだところで、タティ先生は生徒たちはすばらしい幼少期を過ごしていると結論づけていた。

実のところ、彼女は短い一文が書かれたサンドラの作文まで読んでいなかった。そこには次のように書かれていた。

「私の母は、ばいしゅんふです…」と。


（一九九一年一一月三〇日　パルメラ）

16 洪水

Banjir（著作リスト11に収録）柏村彰夫訳

冒頭部分、「洪水の一〇分前、プラウィロさんがこの世を去った。…。今や亡骸だけが、空気の淀んだ家に残された。…。洪水の五分前、隣の住人が家の横のキャッサバ畑で倒れているプラウィロを見つけた。」とある。これは原文通りに訳した。家の中で死亡したプラウィロが屋外で倒れているのを発見されるというのは明らかに矛盾しており、よくある編集ミスだと考える。強いて理屈づけると「空気の淀んだ家に」とあるが「家の中」とは書いていない。

さて、インドネシアでも都市周辺に新興住宅地が造成されることが増えた。この作品は、新興住宅地に非常事態が生じ、非日常的祝祭空間が現出し、住民間の連帯が生まれる様をコミカルに描いたものである。最後は、冷静さを取り戻した警備員の一言で日常が戻る。インドネシアと言えば、地縁・血縁関係が濃密であるとのイメージがあるが、経済発展、都市化は、この作品のように関係の希薄化も生み出す契機となる。その点において日本と変わらないと考えるのだが、いかがだろうか。

洪水の一〇分前、プラウィロさんがこの世を去った。魂は何処へ飛び去ったものやら。今や亡骸だけが、空気の淀んだ家に残された。遺体は眠っているように見えた。最後を看取る者もいなかった。なにしろ彼の素性さえはっきりしなかったのだ。

洪水の五分前、隣の住人が家の横のキャッサバ畑で倒れているプラウィロを見つけた。

「プラウィロさんが倒れてる」と言うなり、彼を家に運び込むために近所の者を呼び集めた。

「こりゃあ、もう死んじゃってるな」呼ばれた中の一人が言った。「脈を診てごらんよ」

すでに脈はなく、心臓は止まり、体が冷たくなっていた。遺体は、ベッドに横たえられた。布が掛けられた姿は、本当に眠っているようだった。誰かが、遺体の口を閉じさせようと、顔に白布を巻き付けた。別の者が目を閉じさせた。

洪水の一分前、誰かが叫んだ「ほら、あれ、川の水が土手を越えそうだ」

「落ち着きなさい」別の人間が答えた「この辺りは水に浸かったことはないんだ。せいぜい道路が浸かるぐらいだよ」

誰も洪水を心配しなかった。七年前に、この新興住宅地ができて以来、川が溢れたことは一度もなかった。皆、プラウィロのために何かしてやろうと思ってその場に留まっていたが、できることは何もなかった。

「もう少ししたら、この家の持ち主が帰ってくるだろう」と誰かが言った。

日が暮れた。きれいな夕焼け空だ。住宅地のゲートを通って、一人また一人と会社勤めの人たちが帰ってきた。プラウィロの家の前には、黄色い紙の旗を付けた棒[*1]が立ててあった。しかし、人々はそのまま通り過ぎていった。

「後で来よう」と彼らは考えた、「仕事で疲れてるし」

住民たちは揉め事もなく仲良く暮らしていたのだが、それほど付き合いがあるというわけでもないようだ。どうしてプラウィロと知り合うことができただろう。彼は、自分のことを語らない老人だった。年齢は、六〇か、七〇か、いや五五かもしれない。年より老けて見える人も多いのだから。悲哀、傷心、失望、病苦に見舞われると一層老ける。プラウィロはそうではなかったかもしれないが、しかし誰一人として彼のことをよく知らなかった。彼がプラウィロという名前だと知らない住民も大勢いるに違いない。

彼は一組の夫婦と同居していた。この夫婦は早朝に出かけ、帰宅後は家から出たことがなかったので、近所の者には、その名前すらあやふやになっていた。無論、町会長の記録には彼らの名前が書かれてはいたのだが、当の町会長自身も名前を覚えていなかった。

ともかくも、とにもかくにも、この住宅地では、皆がこんな具合に暮らしていたのだ。住民は、引っ越して来て、そして出て行く。仕事に行くためにだけ家を出る。ジャカルタで馬車馬のように働いて疲れた体を休めるために家に戻る。時に近所の者が訪ねてくるが、それは引っ越しの挨拶だ。より高級な住宅地へ、壁はチーズと砂糖でできており、蛇口を捻ればルートビア[*2]が出てくるような夢の国へと引っ越すわけだ。

だから、誰にもプラウィロと知り合うべき理由などなく、ましてやその死を嘆き悲しむ理由などなかった。しかも、今や濁流の音が聞こえる。川の水が道路に溢れだしたのだ。川沿いの道路は流れる水に覆われていた。

§

「水が道路に溢れだした」と誰かが言った。

住民たちが次々に川の傍にやって来た。プラウィロの遺体が眠るように横たわる家の中にいた連中もやって来た。

「これ以上にはならないよ」誰かが言った、「この住宅地ができる前から住んでいるが、この川が溢れたことはなかったからね」

夕焼けが夜空へと変わった。星と月に彩られた夜空だ。川を溢れ道路を覆う水のかさは増していたが、住民たちは家に戻った。会社から徒歩で帰ってきた人々は、濡れないようにと、靴を手に持ち、ズボンを捲くり、スカートや服の裾を持ち上げながら家に向かったが、冠水した道路を行く自動車やバイクが起こす波で、ずぶ濡れとなった。

川の音が激しくなってきた。住宅地のゲート近くにある土手が決壊した。道路の水かさが増し、川の水と合流し、家の庭に入ってきた。家の中では、住民たちがテレビのサッカー中継に夢中になっていた。スタジアムにいる観客の歓声が、ステレオ・スピーカーから耳たぶを震わせるほど鳴り響いていた。

「行け！」

「撃て！」

「ゴー―――ル！」

スタジアムの歓声が各家庭の歓声と響き合った。住民たちは、警備員が合図の丸太をたたく音[*3]を聞いていなかった。

「洪水だ！　洪水だ！　気をつけろ！　水が入ってくるぞ！」

水がドアの隙間から噴き出してきた。水が浴室の排水口から噴き出してきた。水が裏庭の排水溝から噴き出してきた。住民たちは慌てた。ござやカーペットを敷いた床は一瞬の内にずぶ濡れとなった。ドアを開けてみると、驚いたことに、周囲はまるで激しく流れる川のようになっていた。

水が家の中に押し寄せてきた。即座にテレビは高いところに上げたが、手が回らず、家財の多くが水に浮かぶことになった。自動車をなんとかしようとしたが、エンジンが掛からず、流されないように押し戻すのが精一杯だった。母親たちは、赤ん坊、アクセサリー、お金、証書を守るのに必死だった。何人かは決壊した土手を塞ごうと、協力してあちこちに土嚢を積み上げた。だが、川の水は溢れ続けた。

家の中では膝の高さまで水が来ていた。二階建ての家の住民たちは、すぐに二階へ上がって寝た。

平屋の住民たちは、避難先を求めて近所の二階建ての家へ押し寄せた。寝ているところを起こされた二階建ての住人は、渋い顔をしながら避難してきた人々を迎え入れた。人々は、二階の窓から鈴なりになって洪水を眺めていた。住宅地全体が、航海中の大きな船のようだった。

外では、まだ多くの人が動き回っていた。スーツケースを担いで、この住宅地の外へ避難しようとしている者がいた。何をしているのか、懐中電灯であちこち照らしている者もいた。笑いながら浮き輪で遊んでいる子どもたちもいた。停電していたが、幸い、星空には十分な月明かりがあった。雨も降らず、風もないのだが、この住宅地は洪水だった。町会長は、蛇口からルートビアが出るような高級住宅地で土盛をやりすぎたからに違いないと考え始めていた。

§

突然、叫び声が上がった。

「プラウィロさんが！　プラウィロさんが！」

プラウィロの遺体が水に浮かんでいた。始めは、遺体を載せたままベッドが水に浮かび、押し寄せる波のため家の壁にごつごつと当たっていた。やがて、ベッドが激しく壁に衝突した際に遺体がベッドから滑り落ちてしまった。遺体は大きく開いたドアから外へ流れ出ていった。しばらく垣根に引っ掛かっていたが、水かさが増したために、遺体は再び流され始めた。閉じていたはずの目が、今は開いていた。

懐中電灯であちこち照らしていた男が、それを目撃したのだった。

「プラウィロさんが、プラウィロさんの遺体が流されてるぞ！」

彼は近付こうとしたが、水かさが腰の辺りまであったので、早くは進めなかった。水に浮かんだプラウィロの遺体は、まるで手を動かさずに背泳をしているようだ。

「頼む！　プラウィロさんの遺体を捕まえてくれ」

避難途中の者たちが流れる遺体を捕まえようとした。しかし、遺体は捕まるのが嫌だとでもいうように、逃げる魚のように、すり抜け、飛び跳ね、辻へと向かう急流に乗って流されていった。まるで生きているかのように、うつぶせになったり、また仰向けに戻ったりした。

「おい、あそこで止めろ！　急げ！　あそこで止めるんだ！」

早く近付こうとして泳いで追いかけようとする者もいたが、不思議なことに遺体の方が速かった。行く手の左側で塞き止められそうになると、右側に逃れた。右側で止められそうだと、真ん中を通り抜けた。一人が遺体に飛びついて布に手をかけたが、プラウィロの手が振り払うように動いたので離してしまった。

「逃げられた！　今度は、あそこの行き止まりで止めるんだ！」

行き止まりに行くまでに、プラウィロの遺体は藪に引っ掛かった。引っ掛かった手は、まるでこちらに手を振っているようだった。皆が笑った。

「はい、はい、今行くよ」とずぶ濡れになった警備員が言った。あと何歩かというところで、再び遺体が漂流を始めた。

「おーーい！　プラウィロさんが、また逃げたぞ。追っかけろ！　止めろ！」

とうとう、一人の男が屋根の上を走って追いかけた。もちろん、このほうが追いかけやすかった。屋根から屋根へと、住宅地内の道から道へとさまよう遺体についていった。やがてプラウィロの頭がドアにぶつかり、ドアが開いてしまった。プラウィロは家の中に入って行き、蠟燭の明かりの下で過ごしていた人々に悲鳴を上げさせた。彼らは、遺体をドアから押し出した。プラウィロの遺体は、再び漂い始めた。プラウィロの顔を包んでいた布は外れてしまっており、そのため、口が開いたり閉じたりして水を飲んでいるように見えた。

四つ角にできた渦巻きのところで、プラウィロの遺体は回り始めた。屋根の上に居る男が、このことを知らせた。

「四つ角で回っているぞ！　急げ！」

四方八方から人々が駆けつけてきた。

「やっと、捕まえたぞ」と一人が摑みかかりながら言った。男は飛びかかったために、プラウィロの遺体と一緒に水中に没してしまった。男が水面に顔を出したとき、その手にはランニングシャツが握られていただけだった。

「どこだ？」

「逃げた！」

皆で辺りを見回した。プラウィロが腰に捲いていたサルン[*4]が見えたが、中身はなかった。手が見えたように思えたが、違った。川のようになってしまった道路には、いろんな物が流れていた。バケツ、ゴムのサンダル、椅子、バレーボール、パンツ、ゴミ箱、書類。見当たらないのは泳ぎ回るミズジャコウネコ[*5]ぐらいのものだ。そしてプラウィロの遺体も見当たらない。

それほど遠くへ行っていないはずだ。どこかに引っ掛かっているかもしれない。車で住宅地の外まで追いかければ、下流のどこかで捕まえられるだろう。

しかし、皆、疲れ、空腹で、眠く、そして寒かった。更に言うと、プラウィロが一体何者だというのか。もう十分に頑張ったではないか。皆、自分の家族の安全を必死になって考えねばならないのだ。今回の洪水はそれほどひどいとは言えないが、洪水を初めて経験する者にとっては、パニックや不安を感じざるを得なかった。隣家の池の鯉が自分の家の中で泳いでいるのを見れば、プライドも傷つくというものだ。こんな時に、誰がプラウィロの遺体にそこまで気を配れると言うのか。ましてや、老人がプラウィロという名前だったと知ったばかりなのだ。

「もういい、水が引けば見つかるだろう」と警備員が言った。

§

日が昇る頃、水が引き始めた。皆、靴を手に持ち、ズボンを捲くりながら出勤した。昼間、主婦たちは垣根や屋根でマットを干した。道路は泥とぬかるみだらけだった。プラウィロさんが住んでいた家だけ人の気配がなかった。そこに住んでいる夫婦は、まだ帰ってきていなかった。住宅地の外に並んでいる車の中で一夜を明かしたようだ。そして、そのまま出勤し、途中で着替えを買い、会社でシャワーをしたのだろう。

やがて二人とも今日は普段より早く帰ってきた。多分、プラウィロさんのことが気になっているのだろう。夫婦とプラウィロさんがどのような関係なのかはっきりしなかった。町会長は、夫婦が無人の家に入るのを見た。家の前に立てた黄色の旗は洪水で流されてしまっていた。この夫婦と同居していた老人が死亡しただけではなく、その遺体も洪水で行方不明になってしまった事を示すようなものは何もなかった。町会長は、話をどう切り出せばいいかを考えながら、夫婦の内のどちらかの名前だけでも思い出せないかと頭をひねっていた。

【訳註】

＊1　「黄色い紙の旗を付けた棒が立ててあった」…死者が出たことを示すジャワの風習。

＊2　ルートビア（sarsaparila）…英語は root beer。アルコールを含まない炭酸飲料の一種。

＊3　合図の丸太（kentongan）…木をくり抜いた木鼓。半鐘の役割をする。

＊4　サルン（sarung）…筒状に縫った布。腰に捲く。

＊5　ミズジャコウネコ（musang air）…訳者の造語。正しい和名は「キノガーレ」。

17 恋人に一切れの夕焼けを

Sepotong Senja untuk Pacarku（著作リスト16に収録）柏村彰夫訳

セノには夕焼け、夕暮れに対する偏愛がある。この作品の収録された短篇集には一三作品が納められているが、夕焼け、夕暮れを共通モチーフとする幻想的な作品ばかりである。この他、著作リスト21も「夕暮れ国」を舞台にしたファンタジーと呼びたいような長篇小説である。夕焼け、カーチェイス、アリナへの手紙とセノ作品に多用される要素が組み込まれた代表的作品である。

最愛なるアリナ、

この手紙と一緒に君に一切れの夕焼けを送る。風、波の音、沈む太陽、それに黄金色の光も入れておいた。何一つ壊れずに届いただろうか。どの海岸のどの夕焼けにもあるように、飛び交う鳥、濡れた砂、サンゴ岩のシルエットも入っている。遙か沖を行く船も入っているかもしれない。すまないが、一つ一つ確かめている時間がなかったんだ。本当は貝や色とりどりの小石、それにどれもこれもいつになれば現実となるかも分からないような可能性のままで終わってしまうだろうとわかってはいるのだが、いつも君と一緒にできそうなあらゆる事を僕に夢想させる夢のように潮泡にキラキラと煌めく光線も入れるべきだったね。

アリナ、君のために一切れの夕焼けを遠く離れた所から、しっかり封をしたこの封筒で送ったのは、ただの言葉以上のモノを贈りたかったからだ。アリナ、この世界には言葉が多すぎるし、言葉は、実際、何も変えはしない。アリナ、人類の文明が生まれてから数え切れないほど存在する言葉を、僕はこれ以上増やすつもりはないんだ。増やしたところで何になるだろう。言葉は役に立たないし、いつも空しいものだ。その上、聞く耳持つ者なんていないんだ。この世界じゃ、みんな他人の言葉を聞かずに、必死で自分の言葉を吐き出している。他人が聞いているかどうかを気にせず言葉を吐き出しているんだ。しかも自分の言葉さえ気にしていない。内容のない言葉が有り余っている世界。言葉は溢れていて、これ以上必要ない。どんな言葉でも意味を替えることができるし、どんな意味でも意図を変えることができる。アリナ、これが僕たちの世界なんだ。

アリナ、君に愛の言葉じゃなく、一切れの夕焼けを送るよ。茜色に染まった空の付いた、本物の、実物の、穏やかな夕焼けを一切れ、太陽が水平線の向こうに沈む瞬間に僕が切り取った時そのままの状態で君に送るよ。

可愛いアリナ、可哀相なアリナ、

君のために夕焼けをどうやって手に入れたか教えよう。その日の夕方、僕は一人で海辺に座り、時間からできている世界を眺めていたんだ。どうやって時間と空間が協同し、僕の目に自然を映し出しているのかを眺めていた。海辺の端、地球の片隅では、すべては黄金に染まり、海は溶けた金属だった。ただ、寄せる波の泡は綿のように白く、空はやはり紫立ち、風はやはり湿りを帯び、足を潜らせれば砂はやはり温かかった。

その後、突然夕焼けと光が震え始めた。美が時間に抗っていて、そして突然僕は君を思い出した。「たぶん、この夕焼けは君に似合うだろう」と思った。それで今の内にと夕焼けを切り取った。四角に切り取って、ポケットに入れた。こうして美は永遠となり、君にプレゼントできることになったんだ。

それから、僕はうきうきした気分で歩きだした。僕には君がこの夕焼けを気に入るとわかっていた。これこそが、君がいつも思い描いていた僕たちの夕焼けなんだとわかっていたからだ。君がいつも、長い休暇、遠くへの旅行、それに多分どこかの海岸の一切れの夕焼けとペアのビーチチェアも思い描いていたことを僕は知っていた。僕らがそこで、これはすべて夢じゃなくて現実なんだろうかと問いかけながら、夢想しながら、空を眺めてお喋りをすることなんかも。今、その夕焼けを君はどこへでも持ち運べるんだ。

僕がその海岸を立ち去ろうとしていた時、大勢の人が押し寄せてくるのが見えた。夕焼けが消えてしまったので、騒ぎになったのだ。見ると、水平線の上にハガキほどの大きさの穴が開いていた。

愛するアリナ、

すべては起こってしまったことで、起こったことはなかったことにはならない。僕が車に戻った時、群衆の中の一人が僕の方を指さしているのが見えた。

「あいつが夕焼けを取った奴だ！　奴が夕焼けを取るところを見たんだ！」

人々が僕の所へやって来るのが見えた。面倒なことになりそうだったので、すぐに車に乗り、アクセルを踏んだ。

「ナンバーを控えろ！　ナンバーを控えるんだ！」

スピードを上げて大通りに向かった。慌てず冷静に車を走らせた。夕焼けを君にあげようと、ただ君だけにあげようと決心していた。この夕焼けを誰にも渡す気はなかった。黄金の夕焼けの光が僕のポケットの中で輝いていた。車の窓は遮光してあったが、夕焼けの光は外から見えるほど明るいのではないかと心配になった。実際、夕焼けの光は車の隙間という隙間から溢れ出し、道路や空中に光をまき散らしながら車は走っていたんだ。

ラジオをつけると、夕焼けがなくなったことを大々的に報じていた。カーテレビの画面には僕の顔写真が映し出されていた。なんてことだ。夕焼けが一つなくなったぐらいで、こんな大騒ぎになるなんて。明日まで待てないのだろうか。みんなが恋人のために夕焼けを取ったらどうなるんだろう。店で販売したり、ビニール袋に入れて露店で売ったりできるように夕焼けの模造品を製造すべき時期じゃないだろうか。交差点で子どもたちが呼び売りできるように、今や夕焼けを大量生産すべき時期なのだ。「夕焼け、夕焼けだよ！　三つでたったの一〇〇〇だ！」

高速道路を飛ばして町へ向かった。誰もが僕を捜しているのだから、注意しなくてはならない。あちこちでパトカーのサイレンが鳴り響いていた。夕焼けのない町の灯りは車の中の黄金色の光があまり目立たなくなるほど光り輝いていた。その上、都会では夕焼けがなくなったことを誰もが気にしているわけではなかった。都会での生活は時間に関係なく、朝や昼や夕や夜にかかわらず、進んでいく。つまり、夕焼けがあろうとなかろうと大したことではないのだ。夕焼けは、沈む太陽を写真に撮りたい旅行者にとって重要なだけなのだ。多分、それだけの理由で僕が持ち去った夕焼けを警察が捜しているのだろう。

後ろからパトカーのサイレンが迫ってきた。警官が拡声器で警告してきた。

「ナンバーSG19658Aの車、メタリックグレーのポルシェ、停まりなさい。こちら警察。夕焼けの所持により逮捕する。それを禁止する法令はないが、しかしながら…」

それ以上聞くつもりはなかった。だから、そのパトカーをガードレールの外へはじき飛ばしてやった。スピードを上げて、前を走る車を次々にかわしては抜き去った。あっという間に、町中パトカーのサイレンだらけになった。激しいカーチェイスが起こった。でも、町の隅々を、色とりどりのネオンが輝く道路や、住所録には載らない暗い小道や、アンダーグラウンドの人間のための路地まで、僕の方がよく知っていたのだ。

一台は、高架から転落し、もう一台はスラム街に迷い込み、別の一台は横転してトラックに衝突し、爆発炎上した。[*1] まだ、二台のバイクで警官が追ってきていた。これは大した問題ではなかった。奴らは一度も追いつけず、しばらく追いかけっこをしたらガソリン切れとなり、乗っていた警官たちは悪態をつくしかなかった。僕は上着のポケットの夕焼けを見た。ちゃんとある。風音がする。空は紫に輝いている。波が海岸に寄せて砕ける。アリナ、この夕焼けを受け取るのは君しかいない。

でも、アリナ、僕が思っていたほど警官は馬鹿じゃなかったんだ。町のいたるところで待ち構えていた。空腹を満たそうと思っても食べ物を買うことすらできなかった。さらに、夕焼けのない空に飛ぶヘリコプターが、高層ビルの谷間という谷間をサーチライトで照らしていた。僕は追い詰められ、もし蓋の開いた下水溝がなかったら捕まるところだった。

スラム地区に入った時に車を乗り捨てた。僕は、倉庫、古びた家、柱、索具の間を走った。[*2] ごみの上で転び、ぐらつく階段を這い上っているうちに、一人の浮浪者と出会い、彼が一生忘れられない場所へと案内してくれた。

「入りな」と静かに言った「そこなら安全だ」

彼は蓋の開いた下水溝を指さした。ネズミが這い出してきた。腐臭と便臭。中を覗き込む。コウモリが一杯ぶら下がっていた。僕は、ためらった。だが、サーチライトで探し回っているヘリコプターの爆音が僕のためらいを消し去った。

「入りな、それしかない」

その浮浪者は僕を押した。真っ逆さまに落ちた。とんでもなく臭い。浮浪者はすぐに蓋を閉め、その蓋の上に横たわる音がした。ヘリコプターのサーチライトが下水溝の隙間から差し込んできたが、僕を見つけるほどではなかった。ポケットの夕焼けを触ってみると、その赤みがかった黄金色の光で闇の中でも目が利くようになった。かなり天井が高そうな下水溝の中を僕は歩きだした。生きているのか死んでいるのかわからないコウモリの群れを掻き分けて進んだ。下水溝の端に白い光が見えてきた。初め汚水は膝の高さまであったが、進むにつれて水かさは減っていった。汚水が途切れた所には、浮浪児たちが喜びを映さぬ虚ろな目をしてタンバリンを抱えながら座ったり、寝そべったりしていた。彼らの中を通り抜けて進み続けることにした。ともかく、アリナへの夕焼けを手放すよりはましだ。

白く光っている下水溝の端には、下へ向かう階段があった。僕はその階段を下りた。光はしだいに明るく、しだいに輝きを増していった。まさか。アリナ、君は信じないだろうが、読み続けてほしい。その階段の先は洞窟の出口になっていて、その洞窟から出ると僕がどこに居たかわかるだろうか。君のために夕焼けを切り取った、まさにその場所だったんだ。綺麗な夕焼けの海岸。波、風、鳥の飛翔、夢が流れるように空を行く雲群に映える黄金の光と紫の光線も揃っていた。ただ、ハガキほどの穴はなかった。つまり、そっくりだが、同じ場所ではないということだ。*3 この場所は下水溝の中なのだ。

海岸へ行ってみた。降り注ぐような手つかずの自然に身を浸した。椰子はもちろん、太陽や、波音を立てて打ち寄せる波や透き通って見える海底。コテージもなく、バーベキューの設備もなく、マリーナもなかった。もちろんそんなものは必要ない。震える夕焼けは、世界の果てまで黄金色の光を放射しながら運命に抗っていた。アリナ、僕はこの光景を見てしきりに自分が恥ずかしくなった。すべてを言葉にすることができているだろうかと。

波打ち際に座って、よく考えてみた。見る者がいなければ、これらすべては何のために存在するのか。あちこち歩き回ってみたところ、この下水溝の中の世界は空っぽだった。人間も、ネズミもおらず、恐竜なんてなおさらだ。いたのは飛んでいる鳥だけだったが、これも卵を産み、巣を作る鳥には見えなかった。夕焼けの風景画の飾りとして存在するだけだった。ずっと同じ所を飛び続けているのだ。アリナ、この自然は何のために創造されたのか、いくら考えても僕にはわからなかった。恋に落ちたいと思わせるようなこの夕焼けは、それを眺める一頭の恐竜さえいないとすると、何のためにあるのか。*4 一方、地上では夕焼けがなくなったと大騒ぎしている…

アリナ、そこで僕はこの夕焼けも持って帰ることにした。いつも持っているスイス製ナイフで四角に切り取ったので、空にはハガキほどの穴ができた。左右のポケットに夕焼けを一つずつ入れて、帰ろうと思って歩き出した。僕の背後で世界は動きを止め、湿った悪臭を放つ闇へと変わっていった。愛すべき僕の世界の下水溝に帰るため、僕は階段を上った。*5

ぶら下がっているコウモリやたむろする浮浪児たち、そして膝まである汚水を通り抜けて地上に出た時、警察のヘリコプターはどこかへ行ってしまっていた。僕を助けてくれた浮浪者は、電柱の下に寝そべってサックスを吹いていた。

僕は自動車を探し歩いた。スーパーマーケットに傷一つなく停めてあった。洗車したてのようにすら見える。ピザをかじりながら、海岸へ車を飛ばした。左右のポケットには、太陽、海、海岸が揃った二つの夕焼けがあり、それぞれの黄金色の光のために車は神の光を発しているかのようだ。高架道路や高速道路を全速力で走り続けた…

僕の大切な人、僕の恋人、僕の女、アリナ、

それからのことは、君はもう知っているに違いない。下水溝から取ってきた夕焼けをハガキほどの穴にはめてみたら、ぴったりだった。その後で「本物」の夕焼けを郵便で君に送ったんだ。下水溝にあった一種の夕焼けじゃなく、僕が最初に見た、本当の意味での夕焼けが君に届くように願っている。

アリナ、いまや下水溝は本当に真っ暗になってしまった。なぜ下水溝が暗闇になったのかを、将来老人たちが孫に語り聞かせるだろう。彼らは語るだろう。本当は下水溝の下に別の世界があり、そこには太陽も月もあったのだが、ある者が地上の夕焼けと交換するために取ったので、今は無くなってしまったのだと。地上にあった本物の夕焼けは、ある者に切り取られ、恋人に与えられたのだと老人たちは語り聞かせるだろう。

可愛い、一番可愛い、いつまでも可愛いアリナ、

君を幸せにしたい男からの、君だけのための、一切れの夕焼けを受け取っておくれ。海と太陽には気を付けて。間違って太陽の光が空を焦がさないように、それに海が溢れると洪水になってしまうから。

夕焼けと一緒に、世界で一番静かな場所から、口づけと、抱擁と、熱い囁きとともに君への思いも送る。

（一九九一年　カランボロン――ジャカルタ）

【原註】

＊1　ハリウッドのアクション映画につきもののシーン。

＊2　Chairil Anwar, Senja di Pelabuhan Kecil（ハイリル・アンワル「小さな港の夕暮れ」一九四六年）から。

＊3　Danarto（ダナルト）の短篇、Paris Nostradamus（「パリ・ノストラダムス」一九八八年）に、パリの地下にパリとそっくりな町が出てくる。

＊4　「誰一人見る者がいないなら、この森の中で花は誰のために咲くんだろう」一九八一年東カリマンタン州、アポ・カヤンの森で Sardono W. Kusumo が言った言葉。

＊5　Subagio Sastowardoyo, Manusia Pertama di Angkasa Luar（スバギオ・サストロワルドヨ「大気圏外の最初の人類」一九六一年）より。

僕の愛すべき
地球から遙か遠くへ放擲される元となった
約束に満ちた一〇〇〇の数式よりも
僕に一片の詩を与えよ
宇宙は沈黙。宇宙は静寂。
だが最早帰還の叶わない
最果てへと僕は来た

18 京都モノガタリ

Kyoto Monogatari（著作リスト17に収録）柏村彰夫訳

記憶に関しての語り。タイトルとは異なり京都に関しては風鈴のことが語られるだけで、新幹線からの雪景色とそれに伴う想像が主要部を構成する。一瞬の光景から、セノという作家はこのように作品を創っていくのかと思わせるところが面白い。風鈴の聴覚刺激と雪景色の視覚記憶が語られるとすれば、語られないまま終わる京都の女性に対する記憶は、触覚かあるいは嗅覚に基づくのかと想像させてくれる。

何から記憶はできているのだろうか。なぜ、その光景が何度も何度も蘇ってくるのか、未だに理解できずにいる。新幹線から見える風景が唐突に雪景色になり、その時、吹雪の中を女性がたった一人で歩いているのが車窓から見えたのだ。吹き荒ぶ吹雪の中で、彼女は何をしていたのだろうか。私が目にした雪野原には人家も疎らで、山際まで白一色に染まった空間の中、目に留まったのは、その女性の姿だけだった。強風に煽られた雪が舞い踊り、そのため、彼女の歩みは遅く、足取りは重そうに見えた。こんな吹雪の中で何をしていたのだろうか。何一つ思いつくことはなく、そして、これからもわからないのだとしても、私はその事実を受け入れるしかないのだ。

その光景が哀切なものに映ったのは、骨まで凍らせる寒さを感じたからではなく、白銀の野を行くことの孤独を思わせたからだ。風がぞっとするような唸り声を上げる吹雪の中をただ一人で歩くというのは、それほど楽しいことではない。列車の窓越しでは、風の唸りはかすかなものだったが、身の毛のよだつような風音のする吹雪を私自身モンゴルで経験したことがあった。それで、このように寒く、吹き荒ぶ吹雪の中、積雪に足を取られつつ一歩また一歩と苦労しながら歩いて行かねばならないような、何か差し迫ったことがあるに違いないと思ったのだ。

全て忘れてしまった。その時新幹線でどこへ行こうとしていたのかさえ。東京から京都に向かっていたのか、それとも京都から大阪に向かっていたのか、もう思い出せない。残っているのは、吹雪の中を足取り重く歩いていた一人の女性の記憶だけだ。

とはいえ、私は京都で一人の女性と知り合った。

だが、彼女について何も語ることはできない。

§

何から記憶はできているのだろうか。雪原を一人歩いていた女性は何をしようとしていたのか。今でも時折考えてみることがある。列車の窓越しにその姿を目にした時、彼女は家を出たばかりのように見えた。その足跡は、一軒の家の戸口から続いていた。その家の中に誰かが居たのか、それとも誰も居らず、それで彼女は鍵も掛けずに出てきたのかもしれない、などと今でも時々気になったりする。無論、その女性が家から出てくるのを見たわけではなく、鍵を掛けたか掛けなかったのかは、知るよしもなかった。列車は、よぎる思いのごとくその場所を駆け抜けたのだが、私が目にした光景は、その後永遠に留まり、過ぎ去っていくことはないようだ。

驚くことに、記憶というものは、長らく意識の底に沈み込み、原因と呼べるようなものもなく、ある時突然姿を現したりする。ある記憶が長らく意識から消えた後、なぜ予想もしなかったような時と場所で突然現れるのかを、ずっと知りたいと思い、自問を重ねてきた。記憶には、時に、一生の中で一度きり現れ、一度だけ思い出した後に完全に消えてしまうものがある。あるでき事が記憶に変化し、長らく意識の底に沈んだ後、ある時、そのでき事がかつて存在したことを人に一度だけ思い出させ、そして二度と現れない。これはどのような仕組みなのだろう。どのように記憶が保持され再生されるのか、はたまた、我々が知るよしもない別の世界のどこかに確実に存在してはいるが二度と蘇ることのない記憶の仕組みを思い描く、など人知の及ぶところではないだろう。

時として、傷ついた思い出の伴うでき事を忘れてしまいたいことがある。なかったこととして、記憶から消して去ってしまいたいと願うでき事が人生には常にある。だが、死ぬまで忘れ去ることなどできない。跡形もなく忘れ去りたいと心底思うでき事を、全て思い出してしまうことには、常にそれなりの理由があるようだ。

うーむ。

何から記憶はできているのだろうか。記憶から、今でも傷口に爪を立て一向に離してくれない過去から、いかにすれば逃れ得るものか。

記憶は、恐らく、時として断片的なものである。一条の道、散りゆく葉、打ち寄せる波、愛らしい笑顔、黄金色の光の中を流れ行く雲の連なりを浮かべた夕焼けの空。しかし、また時には、状況を完璧に再現し、人の心を竹のナイフでえぐるようなこともある。辛い記憶を、楽しいものとして思い出すことはできないのだろうか。時間によって作り直された記憶が、過去を永遠に留め、そして記憶に未来を付け加え、新たな意味を持たせるわけにはいかないのだろうか。

記憶とは、人がさまよい歩くことができるこの世界のようなものだろうか。

私には京都に、もう一つの思い出がある。それは風鈴のおかげではっきりした記憶となっている。記憶は風鈴の音であり、可愛らしい小さな風鈴は、そよ風に吹かれチリチリンと鳴り、帰国の際に持ち帰ったその風鈴が全てのことを思い出させてくれるのだ。ただし風のそよぎは、私が初めて風鈴の音を耳にした時と同じでなくてはならない。そのような場合に、風鈴の音が過ぎ去った時間を蘇らせるのだ。いかにして、過ぎ去った時間が蘇り、当時感じたものと同じ感情や気分を蘇らせるのか、今でも全くわからない。

新幹線の窓越しに目撃した光景の記憶は、その小さな風鈴の音によって蘇ってくるのではない。その記憶は、いつも何ら原因もなく蘇ってくるようだ。少なくとも私にはその記憶を蘇らせるものが何なのか全くわからない。彼女の家の中でのでき事を想像してしまうからなのだろうか。一人の子どもが重い病で横たわっており、それで彼女は薬を求めて吹雪の中を出て行かなくてはならなかったのだろうか。生涯をその土地で過ごしてきたため、あのような自然環境や天候にきっと慣れているのだろうが、雪を踏み分ける足取りは重く、けっして軽くなることはないだろう。大変な寒さの中を重い足取りで行くほど差し迫ったものとは、一体何だったのか。

列車は、大気圏外へ飛び出す宇宙船のように唐突に雪国に入っていった。私の記憶の中で何かが破裂したようで、その雪国だけがその後私の記憶となったのだ。それ以外の場所や、列車の中でのでき事は記憶にない。記憶の中には、窓越しに外を眺めている自分自身の姿もない。

とはいえ、私は京都で一人の女性と知り合った。

だが、彼女について何も語ることはできない。

§

何から記憶はできているのだろうか。何かを思い出そうとしなくても、いつも蘇ってくる記憶がある。何かを憶えておきたいと切望しても、永遠に忘れてしまうこともあるだろう。誰かに語ったこともなく、口にしたこともなく、何かをしたわけでもないのに、思い出されることもある。記憶とは頭の中に留まっているだけのものだからだろう。

だがしかし、ある事件が起こったのだろう。

その女性は、雪原に長い足跡を残して歩いていった。彼女がどこへ行ったのか誰も知らなかった。家の中で一人の男が彼女の帰りを待っていた。世界は白と灰色に染まり、宵闇が迫り家々の灯がともる。

家の中の男は暗闇の中で待ちながら、女が出かけてから随分経つのに一向に帰ってこないのはなぜだろうかと自問しつづける。

そして、男も外へ出て、女が向かったであろう方へ探しに行く。

男は、女の足跡を辿る。道に残された、雪原に残された、心に広がる悲しみに残された彼女の足跡を辿る。

「どこ行く?」

「どこも行かんよ」

「こんな天気に出かけるのに、どこにも行かん言うんか」

「どっこも行かんのよ」

男は、跡を追う。女がどこへ行ったのかはわからない。この足跡はどこかへ向かっているのか、この足跡は、男が知りたくないどこかへ向かっているのだろうか。

列車が、一秒前か一秒後にその場所を通っていたとしたら、違った光景を目にしていただろうし、私の記憶もまた違ったものになっていただろう。私はいつも何か別のことを思い出すことになっただろうが、それがどのようなものになったのかをはっきりと知ることはできないのだ。

たとえば列車が通るその前に、家の外に別の男がいて、彼女は窓からその姿を見たのかもしれない。それは何分か前のことで、一秒前のことではなかったかもしれない。

列車が何分後かに、そこを通っていたらどうだろう。

恐らく、一人の男が自分の足跡を辿って、雪原を歩いて家に戻る姿を目にしただろう。遠くからは、高速で走り抜ける列車の中からは、その手に握られた血まみれのナイフを見ることはなかっただろう。

暗く沈んだ男の顔は、傷心を宿したままだ。

そんな事件は実際には起こらなかったに違いない。たとえ列車が、その場所を何分前かあるいは何分後かに通ったとしても、何かが違ったということはなかっただろう。全てを知りつくす機会の可能性など一つたりと存在しないのだ。

その女が死体となって家の前に転がっている時に列車が通ったらと、よく想像してみる。雪の上に点々と残る血の跡をよく想像してみる。死体がなく、血痕だけが残っている方が良いかもしれない。何かを引きずって長々と続く血の跡。

しかし、実際に私が目にしたのは、みぞれ混じりの吹雪の中を一人の女性が家を出て歩いているところにすぎず、それが彼女の家かどうかもわからないし、戸を開けて、それを閉めて、雪原へ歩み出したところも見てはいない。彼女が苦労しながら歩いており、一軒の家から彼女の居る場所まで続いている足跡を見ただけなのだ。

しかし、そのような事件が起こらなかったと決めることができるのだろうか。人が全ての可能性を同時にかつ包括的に把握できるものごとなど、この世界に存在するだろうか。

私にわかっていたのは、弾丸のように疾駆する新幹線の中で自分の感情が波立っていたことだけだ。雪国に入るや、雪が舞い飛び、車窓にぶつかり砕け散った。そのような事件は全く起こり得なかったに違いないが、過去に何が起こり、未来に何が起こるのか、私が知ることはないのだ。かくも短い人生において、人が知りうることのいかに少ないことか。

とはいえ、私は京都で一人の女性と知り合った。

とても残念だが、彼女について何も語ることはできない。

（二〇〇二年三月　ダーバン――ケープタウン）

19

犬人伝説《いぬひとでんせつ》

Legenda Wongasu（著作リスト17に収録）森山幹弘訳

一九九七年からの経済危機を民話風に語ったもの。民話の持つグロテスクさをねらった作品かと考えられる。主人公の名スカブ（Sukab）は、実際にはない名前。セノは男性にはスカブという名を、女性にはアリナ（Alina）を多用する。スカブは次の「爪上げ」にも登場する。同じ名前ではあるが、同一人物ということではなく、普通の男を示すものとして、一種の記号として使っている。

なお、本編は、森山幹弘訳で月刊誌『新潮』二〇〇五年一月号（第一〇二巻第一号）に掲載された同名作品を改訳したものである。

いつか将来、一人の語り部がかつて存在したある国の長く続いた経済危機の故に生まれた一つの伝説を語るだろう。その国の名はインドネシアと言った。その国は分裂し数十の小さな国に分かれたが、幸いにそれぞれの国は繁栄した。ただし、それらの国々は過去の遺産として共通言語、インドネシア語によって結びつけられていた。

その語り部は道端に座り人々に囲まれているか、夜市が立つ時にはテントを張ってその中に椅子を並べているか、あるいは人形芝居を語っているかもしれない。人形は糸で動かすものか、ワヤンゴレック*1の人形か、とても小さく幾重にも重なったガラスでできた舞台の下から操る磁石のワヤンかもしれない。いずれにしても、彼は一枚の黒い看板にこう書いているだろう。

「犬人*2伝説上演中」

その伝説とはこうだ。

「ジャカルタにまだ犬を食べるものがいるのは幸いなことだ」と、自らの暮らしのことを考えるたびにスカブは思った。実際スカブは犬を食べたいと思う人がいるおかげで暮らしをつないでいくことができていた。経済危機はすでに五年目に入っていたので、つまりスカブが犬狩りとなり、飼い犬として登録されていない犬を探し、ぼんやりした不用心な犬たちを狩って五年が経ったということになる。犬たちは煮込み肉にされて運命が尽きるなどと思いもしない。

五年前に解雇された後スカブは仕事もなくぶらぶらしていたが、暮らしをたてるために止むなく犬狩りとなった。貧しさは五人の子どもともども川べりの土間がむき出しの小屋へと彼を追いやり、妻はバジャイの運転手相手に橋の下で身を売らねばならなかった。最初はあまりに貧しく、不用心な犬に泡を吹かせてのたうち回らせる餌のカリウムさえ買えなかった。

彼が空のずた袋を担いで町を徘徊する様子が眼前にまだ浮かぶ。通りをうろついている犬に狙いをつけ、まるでトラが鹿を襲うように突然襲いかかり、袋にそのまま入れてここでは語る必要のない方法で殺すのだった。スカブは自分が賑やかな場所にいるか閑散とした場所にいるかさえ気にしなかった。登録されていない犬というのは野良犬と言ってよく、保護されていない森の動物たちと変わりなく、狩りの対象とされようが、殺されようが、食べられようが気に留められなかったから、彼の仕事を邪魔する者はいなかった。

一匹の犬を仕留めると、彼は線路沿いの一軒の屋台へと歩いていき、主人の前に無造作に袋を投げ出し、それは鈍い音をたてた。店の主人は何も言わずいくらかの金を与え、スカブも何も言わずに受け取るのだった。このようにして、裸足で半ズボンを履き、汚れたランニングシャツを身に纏っただけの姿のスカブは、ジャカルタで犬狩りを営んでいた。彼はカリウムも使わず、針金のついた捕獲棒も使わず、ただ森の中でトラが鹿を襲うように犬に襲いかかった。

町の中をただただ歩き回り、住宅地を出たり入ったりして、ぼんやりしている犬を探した。そういう住宅地では、犬たちは愛情一杯に飼われていた。犬たちは輸入した高価な餌を与えられ、貧しい五家族分の宴会に十分なくらいの新鮮な肉を与えられるだけでなく、体を洗ってもらい、枕をあてがわれ、一ヵ月に一回は獣医の健康診断を受ける。スカブには自分の運命がそんな犬たちのように恵まれていないのに、どうして彼らがそんなに恵まれているのか理解できなかった。

とはいえ、犬は所詮犬だった。ゴミ捨て場を嗅ぎ回り電柱に小便をする本能を失うことはなかった。チャンスを見つけると、犬たちは突然人間界という野生の中に跳び込んでいった。開かれた世界の中で彼らはその世界に酔いしれ、まるで幼い子どもが公園を走り回るようにあちこち駆け回り、そしてそこで運命が尽きてしまうのだった。犬狩りのスカブに襲われ殺され、最後に肉料理の料理人に処理された。

「スカブ、手ぶらで帰って来ないで。子どもたちが腹を空かして待っているんだから。子どもたちがゴミ捨て場から食べ物を掻き集めなくていいように。あたしにまた橋の下で身を売らせないでちょうだい」と、以前妻が言った。

妻が身を売る苦い思いがスカブを犬狩りに駆り立てた。妻が橋のたもとに立ち、たむろしているバジャイの運転手たちに媚を売り、近寄ってきた一人と橋の下へ降りていくのを見ると身を切られる思いだった。橋の下で妻は新聞紙を敷いただけのビニールのテントの中でバジャイの運転手の相手をした。その青いビニールのテントは本当はテントではなく、ただ一枚のビニールを紐でつり下げ四隅に石を置いただけのものだった。がっしりした体格のスカブだったが、妻が小道を降りていきテントの中へ消えるのを見るたびに身体から力が抜けてしまった。

「あんたが食べるものを見つけられなきゃこうなるのよ」と、ある時スカブが妻の貞操を話題にしたとき、妻は言った。「第一にあたしは子どもたちを飢えで死なせたくないのよ。第二にあんたもわかってると思うけど、あたしは本当のところはあんたの女房じゃないのよ」。

その女は実際子どもたちの母親だったが、その川べりの小屋にただ一緒に住んでいるに過ぎなかった。生死をともにするという話などなかったし、ましてや結婚証明書などなかった。スカブがまだサンダル工場で働いていた時にはまだなんとかやっていけた。子どもを学校にやったり、その女に金銀財宝装飾品を買ってやることはできなかったけれど、スカブの暮らしには決まった時間に出かけては帰宅する勤め人としての誇りがあった。あちこちで解雇が始まると、スカブはどうすれば良いのかわからなかった。彼の生活はすっかりサンダル工場の労働者としての日常に浸りきっていた。与えられる仕事がなくなり自分で稼がなければならなくなると、自分で考えることをしなくなって久しい彼の脳みそは詰まってしまい、本能だけが一つのことに向かっていった。それは犬を狩ることだった。

これがスカブが犬狩りになるまでのいきさつである。今やジャカルタには得意先の屋台がいくつかあった。スカブは高級住宅地で狩りをするのが上手かったので、その獲物は喜ばれた。金持ちが飼っている犬は太っていて、うろつき回っている野良犬よりもうまいらしい。でも、スカブはより好みしたのではなかった。ただ歩き回り、観察し、狙いをつけるだけだ。本能の鋭い犬でさえ警戒心をなくしてしまった。チワワからブルドック、ドイツの牧羊犬から野良犬までどんな犬種であれ、まるで魔法にかかったかのように近づいてきて、ここで語る必要のない方法で、あとはただ動けないようにしてやりさえすればよかった。

犬狩りはスカブの暮らしを救った。結婚こそしていなかったが妻と呼ばれる女はもう橋の下へ降りていくこともなく、スカブに屋台の主人がくれる犬の頭を料理していれば良かった。屋台の主人に犬が入ったずた袋を鈍い音をたてて投げ出すように、その女の前にも犬の頭部を投げ出した。五人いた彼らの子どもたちは太り、活発になったのだが、ここから新しい物語が始まるのだ。

§

線路沿いのいつも犬が入った袋を持っていく場所で、子どもたちが彼のことをはやし立てた。

「犬人間！　犬人間！」

最初はスカブはとりあわなかったが、そのうちに妻と呼ばれている女も彼にこう言った。

「スカブ。みんながあたしたちのことを犬人間だって言うのよ」

「どうして」

「あたしらの顔が犬に似てるって」

彼らはとても貧しかったから、鏡を持っていなかった。それで互いに調べ合うしかなかった。

そのとおりだった。確かに自分たちの顔は犬に似ていると思った。

「うちの子どもたちは近所の子どもたちが犬人間ってからかうものだから、もう遊ばなくなったわ」

　よく見ると、子どもたちも犬に似ていた。スカブの気持ちはずたずたになった。

「ああ子どもたちよ、どうしてこんなことになってしまったのか」スカブは一人で思い悩んだ。もしこれが犬狩りとしての彼の行ないによる一種の輪廻の報いだというなら、どうして同じことが犬を食する者には降りかからないのだろうか。いつも客で賑わう犬料理を出す屋台があるからこそ、犬狩りが成り立つのではないのか。どうして自分だけが輪廻の報いを受けねばならないのか。

　その人たちは金があるから犬を食べ、一方彼とその家族は金がないから犬の頭を食べるのだとスカブは単純に考えていた。屋台の主人から受け取る金は、本来なら塩魚と米を買うには十分だったのだが、たいていは賭博場、それは死ぬ気で惚れたその女と昔出会った場所ですってしまった。かといってスカブは博打打ちだったわけではなく、できるだけ早く自分の運命を変えたいという夢を抱いていただけだった。

　けれど今や一家そろって犬人間になってしまったのだ。

「なんとか食いつないでいくために他に何ができるっていうんだ」と、スカブは言った。

　妻は泣いた。美しかったその顔も徐々に犬に似てきていた。身を売ることはしなくなったが、もちろんいつまでもきれいでいたいと思っていた。スカブもそう思っていた。子どもたちは外へ出て遊び回るたびに囃し立てられた。

　スカブは相変わらず仕事を続け、仕事自体は実際やり易くなっていた。犬たちがスカブの顔が彼らに似てきたのを見たからではなく、スカブの体臭が自分たちの匂いに似てきたのを鋭い臭覚で嗅ぎ取ったからのようだ。犬人間としてもう非の打ち所のないスカブの元へ犬たちは身を預けるようにやって来た。時にはスカブはただ袋を開けさえすれば、まるで生贄の儀式のように犬は自ら進んで袋に入った。もちろんここで語る必要のない方法で、スカブは彼らの命を断つだけだった。

スカブは犬の入った袋を担いで線路のはずれからやって来て、線路沿いに床几を置いただけの屋台の主人の前に鈍い音を立てて袋を投げ出し、いくばくかの金を受け取るとまたすぐに立ち去るのだった。

彼の後ろで子どもたちが囃し立てた。

「犬人間！　犬人間！」

ある日、川べりの小屋に戻ると、一人の男が彼に向かって叫んだ。

「犬人間！　やつらがおまえの家族を連れていってしまったぞ」

小屋は粉々にされていた。住民たちが当局の職員を呼んで、車輪のついた檻が運ばれてきたのだと老人が彼に告げた。女房と子どもは捕まった。そして連れていかれた。

「どこへ連れていかれたんだ」

「わからんよ、あっちで聞いてみろ」

スカブが線路沿いに歩いていくと、段ボールでできた小屋の中から囁く声が聞こえた。

「気をつけろ！　犬人間が通るぞ。犬人間が通るぞ！」

「たまげたなあ。どうして顔が犬の顔になっちまったんだ」

「犬殺しの因果応報ってもんだ」

「でもよ、俺らも犬を食ってるぞ。こんな時代に誰が牛の肉なんて買えるってんだ。実際のところ……」

「しぃーーっ」

最寄りの警察署でスカブは川べりに住むある家族が強制的に収監されたのを知らないか訊いた。

「ああ、あれか。連行したのは警察じゃなくて、保安局の職員だ」

「彼らは公共の秩序を乱したんですか」

そこで、その警官は次のように話した。スカブの子どもの一人がいつも石を投げつけられるのに我慢できず、石を投げた奴を追いかけ噛みついたのだと。噛みつかれて血まみれになった子どもの父親は腹に据えかねて、川べりの住民たちを集めて小屋を取り囲んだ。その事件は保安局職員に報告され、事情を訊きもしないでその一家を殴りつけて連行したと。

檻に入れられる前どれほど女と五人の子どもたちが並々ならぬ抵抗を試みたか、その警官は話した。

「やつらは犬のように吠えたて、キャンキャンと鳴いた」と、スカブの顔もまた犬のようであることをまったく気にも留めない様子で、その警官は言った。

「あそこを通るときには気をつけるんだな」と続けた。「保安局の連中が君を捕らえることもありうるからな」

「どうしてあなたは連中を止めなかったんですか。そのやり方は人道的じゃないじゃないですか」

「違う！　一緒にされるなんて迷惑だ。彼らは別物だ。君も別だ。本来ならあんたを君などと呼べないがね。ああ、困ったもんだ。どこのどいつなんだ。それに、あんたはいくら払えるって言うんだね」

スカブは去った。その警官に襲いかかり食いちぎってやりたい、どこから来るとも知れない衝動にかられていたが、彼の心と頭はまだ人間だった。彼はどこへ家族を探しに行けばいいのかわからぬままに歩道を歩いた。

夜が来て、為す術もなく川べりに戻った。壊された小屋の跡地に座り込み、泣いた。しかし、出てきた声は犬の遠吠えだった。

それは川べりの人々の不安をなおさら掻き立てた。月光の下の遠吠えは恐怖を感じさせた。その恐怖感は人々を月に向かって切なく吠えているスカブのもとへと駆り立てた。彼らは様々な鋭利な武器を携えていた。

§

「彼らはスカブを殺したのじゃよ」と、語り部は言った。聴いていたものはみな息を呑んだ。

「どういう風に殺されたの？」

「殺されたんじゃ。お前さんたちは犬を殺すときにはどうすると思うかね」

「それで?」

「彼らはそれぞれの小屋へ肉を持ち帰った」

「それから?」

「それから！　それから！　お前さんたちは経済危機が長引いている時にどうやって栄養を摂ると思うかね」

ある者は吐き気を堪えながらも、話の最後まで聞きたがった。

「本当はどうなのさ。まさかスカブが食べられるなんて」

語り部はにやりとした。

「そんなことはたいしたことじゃない」

話が終わったと思って帰ろうとしていた者が戻ってきた。

「じゃあ、たいしたことっていうのは何なんだ?」

「その翌日、太陽が昇った時、人々は食べ過ぎたために寝過ごしたんだが、思いもよらないことが起きたんじゃ」

「何が起こったの」

「起きると彼らは皆お互いを見て驚いた。立ち上がって吠え、キャンキャンと犬のように鳴きながらあちこちを駆け回ったんじゃ」

「はあ?」

「彼らの顔は犬に変わってしまっていた」

「え～」

「彼らは皆、い・ぬ・に・ん・げ・んになったのじゃ～」

語り部は物語が終わった合図にドラを鳴らし続け、助手たちの口からはたいそう切なく感じられる犬の遠吠えとともに悲しい別れが告げられた。聴衆たちは舌をだらりと垂らし呆然としていた。

空にはいつもの月が同じように見え、その青みがかった光が木々の葉を包み、変わることなく美しかった。上演はついに終わり、語り部は箱の中にワヤンを片づけた。みな犬の顔をした聴衆たちは、自らの生い立ちについてまたひとつ理解を深め家路についた。クーン！


（二〇〇二年一月　チレボン―ワゴン―ジョグジャ）

作者からのお願い：犬を可愛がろう。神の創り賜うた創造物を可愛がろう。

【訳註】
＊1　ワヤンゴレック（wayang golek）…西ジャワに居住するスンダ人の伝統文化の一つで、立体的な木製人形を使用するワヤン。
＊2　犬人（Wongasu）…ジャワ語のwong（人）とasu（犬）から作者が造語したもの。

20 䋆上げ

Layang-Layang（著作リスト17に収録）森山幹弘訳

インドネシアでは、相手の糸を切り合う喧嘩凧がよく行なわれる。この作品でも、喧嘩凧がモチーフになっている。レイ・ブラッドベリを思わせる幻想的な作品だが、実際に凧を上げた人ならわかる手に伝わる糸の重み、震えなど身体感覚に基づいていて、ある種のリアリティを生み出している。異界との交流が描かれているのだが、それと重ねつつスカブとは何者か、スカブと母との関係や、ひいては主人公との関係はどのようなものか、という問題も暗示される。しかし、いずれもが宙づりのままで物語は終わる。

日は暮れたが、ぼくはまだ凧を降ろしていなかった。この広場ではもう何も見ることはできなかった。寒さを運んできた風のせいで、もう夜になったのだとわかった。母は待ちわびているのだろうが、ぼくはもう見えなくなってしまった凧を降ろそうという気にならなかった。凧の糸がぼくたちと上空の未知の何かを繋いでいるのだと信じ、夜空にもはや見えなくなった凧の糸を握っている時の気持ちを想像できるだろうか。

ぼくは凧の糸を握っていたが、凧はぼくに一緒に飛ぼうと誘うかのように振動し、それどころかぼくをもう空高くにいるかのような気分にさえした。だから、地上にいたにもかかわらず時々落下してしまいそうな気になった。

みんなもう家路についていた。この広場にたった一人残され、測る術もなく伸びた糸を握り、広く寂しい空に浮かぶ凧の動きを追っていた。ぼくは強く丈夫なガラス糸を三巻きも使っていた。今日の夕方は隣村の二人の手強い敵を負かした。一人はぼくと同年代だったが、もう一人は孫もあるような人だった。凧上げの季節になると、みんな家から出てくる。凧上げは小学生か中学生の子どもの遊びのように思えたが、実際にはぼくの知るかぎり高校生、大学生、家族持ちの人、それどころか孫のある人さえ凧上げに興じていた。時には夕方になるずっと前から多くの人が凧を上げていた。勝ちたいという強い気持ちに駆られ、ガラス糸の鋭さを試そうと競いあった。

ぼくはガラス糸をまだ握っていた。指を切らないように気をつけなければならなかった。ガラス糸がどうやって作られるか見たことがあったが、それは実際のところ戦慄を覚える光景だった。ガラスを粉々に砕いた後、糊と混ぜ、手で糸に塗り付けていくのだ。糸は何本かの棒に巻き付けてぴんと張られ、それに塗り付けられていく。既製のガラス糸を買う人も多いが、敵の凧を追いかけ、やっつけてやろうという熱心さから自分で作る人も多かった。手製のガラス糸はたいていずっと鋭く、時折、安全のことを考えないで作られることさえあり、凧上げはもはや子どものお遊びでは収まらなかった。その糸が出ていくときに指を切って血だらけにならないように、パチンコに使うような革でできた指巻きをつけなければならなかった。

自転車に乗っていた子どもが、道の真ん中に伸びていた凧のガラス糸にひっかかり、盲目になってしまうという恐ろしい事件が起こったことがある。そればかりか、女の先生が自転車で走っていたとき、物凄い勢いでガラス糸が彼女の首に巻き付いて亡くなったこともあった。首の骨がなかったら、きっと鋭い糸で彼女の首は切断され道に転がったに違いない。その恐ろしい事件について、新聞記事はどのように血が飛び散り地面を赤く染めたかを伝えた。

そういう糸で、まるで鷲が鳩に襲いかかるかのように、ぼくは一回の攻撃で隣村の敵の凧をやっつけて糸を切った。糸の切れた凧はどこかへ飛んでいって二度と戻らなかった。

次の敵はずっと手強かった。ぼくは孫と一緒に空き地にやってきたお爺さんと対決した。二時間以上も戦った。青い空でぼくらの凧はまるで二羽の鷲のように戦った。

「やっつけろ！　やっつけろ！」と糸巻きを持つぼくの友達のテロとタルパが叫ぶ。ぼくらは凧上げの時はいつもいっしょだった。二人は交代で糸巻きを持ってスムーズに凧が動くように糸を出したが、凧を操るのはいつもぼくだった。

その日、ぼくのガラス糸はテロの糸と結び合わせてもまだ足りなかったので、タルパはさらに継ぎ足す糸を取りに家へ走らねばならなかった。ぼくたちの凧はますます高いところで戦った。日が落ちてやっとその手強い相手を倒すことができた。糸が切れた凧は夜の暗やみの中、行く先知れず飛んでいった。

そう。今度ばかりはその爺さんは孫を喜ばすことができなかっただろう。遠くに彼らが家路に向かうのをぼくは見ていた。テロとタルパは待っていた。

「まだやるよ」と、ぼくは言った。

「こんなに暗くなっちまってもかい？　誰が相手になるってんだ？」

どうして凧を降ろそうとしないのか自分でもわからず返事をしなかった。これほど高くまで上がった凧は降ろすには少なくとも一時間以上かかるが、ぼくは降ろしたくなかった。テロとタルパはもう帰り、ぼくだけが空き地に残され、神秘的に空へと伸びる糸を握っていた。凧は生きているかのように、上空にあるぼくの身体の一部のように思われ、ぼく自身はそれをガラス糸の振動を通して感じていた。その糸の振動は奇妙だけれど陶酔させるような感情をぼくの中に引き起こし、ずっとそれを感じ続けていたいと思わせた。

§

「この凧はおまえと空を結びつけるんだ」と、スカブは言った。

その凧を、さほど有名でない凧作りのスカブからぼくは手に入れた。ケンカ凧を手に入れようと思う者は、バスキ、ダルノ、それともプリから買うか、注文するのが常だった。彼らの作る凧は鷲のように攻撃することができるので特別だと言われていた。それぞれの凧作りは、水彩絵の具で自分の凧に印をつけていた。バスキは赤い斜線、ダルノは緑の横線、そしてプリは死の脅しのような黒い十字の線を描いていた。しかし、スカブの凧は薄い無地の白い紙だった。もしかしたらこの素っ気無い白い色のせいで、スカブの凧の注文はさほど多くなかったのかもしれない。凧売りたちは色とりどりの凧を好んで注文し、道端で売っていた。凧の試合をする者も、まるで剣士が刀鍛冶に短剣を注文するかのように、様々な注文をつけて直接その三人に凧を依頼した。スカブではなく。

それにもかかわらず、ぼくはスカブのことを信頼できる凧作りだと考えていた。スカブは文盲で字は読めなかったが、自然の法則はきちんと理解していた。スカブの凧は風がない時でも手のひらに立てると倒れることはなかった。風があれば、放しさえすればすぐに舞い上がっていった。他の凧のようにまるで風を受けても飛びたくないかのように、ぼくの意志に逆らって右左に振れたり、時には地面にまっさかさまに落ちたりするようなことはなかった。スカブの凧は、放すと真っ直ぐに伸びていく糸とともに真っ直ぐに上昇し、反り返ることもなかったので、風に応じて操るために右や左へと糸を長く引っ張る必要がなかった。ただ放してやりさえすれば、あとはまるで心で操っているようでさえあった。

ぼくにはスカブが信頼のおける凧作りだとわかっていたからこそ、いつも彼の小屋へ出かけていって凧を買った。彼は凧作りに取り掛かる前に、まず凧を上げる場所の風向きの傾向と風速、温度、そして場所の状況に注意を払った。それどころか、凧を上げる者が誰で、その身長、年齢、性格、動作など全てを計算に入れた。おそらくこのことも人が彼に凧を注文するのを億劫に思う理由だったのかもしれないし、そんな作り方では実際、彼の凧は全く知りもしない万人向けというわけにはいかなかった。

「良い凧っていうのは心からやってくるんだ」そして「それは単なる物じゃない」と、彼は言った。

ぼくはどうやってスカブが時間をかけて細く削った竹ひごで骨組みを作り、端と端を丁寧に糸で結び、バランスをとり、計り、直立させ、張る前に紙に息を吹きかけたりするかを見たことがあった。それが終わると、彼は家の土間に凧を立てたが、スカブの凧は決して倒れることはなかった。

今ぼくは空へと伸びる糸を握っていた。凧を見ることはできなかったけれど感じることはできた。その糸の振動は凧から来ているのか、あるいは別の何かから来ているのか。ぼくらはよく遠くからやってくる汽車の音を聞こうと、見たところはびくともしていないが実際には振動しているレールに耳をつけてみることがある。見ることはできないけれど何かが遠くにいるとわかると楽しくなるのだ。今ぼくは糸の振動を感じているけれど、何も見ることができない。ぼくの凧は雲を突き抜けることができるのだろうか。学校の先生は宇宙では地上のように呼吸することはできないと言った。なぜなら、そこは真空で、空気もなければ風もない。でもぼくは、宇宙飛行士は宇宙空間を歩き、飛ぶことができることを知っていた。だからぼくの凧だってきっと飛ぶことができるだろう。ぼくの凧は大気圏を突き抜けることが可能だろうか。先生によると、宇宙へ向かうロケットは真空の空間を目指して地球の重力から自由になるために並外れた力を必要とし、さらに空には突き抜けるために物凄い力を必要とする境界があるのだそうだ。

でもぼくの凧はそんな自然の法則とは関係のないところにいるんだとぼくには思えた。ぼくの凧はどこかわからない遠くにあって、想像もできないし、実際に測ることもできないけれど、ぼくはただ感じることができた。糸を引き寄せ頬につけた。そして汽車のレールに耳をつけるように、ぼくはその糸の振動から何かを聞き取ろうとした。何か聞くことができるだろうか。何かがぼくに話しかけているように思えたが何なのかわからなかった。ある種の呻き、囁き、喘ぎ、歌、でもはっきりしない。ぼくは糸と凧と一体になって、囁き、喘ぎ、時には遠い空で呻いているものが何なのか知ることができるだろうか。実際に天空で呻いているものがあって、今こうしてぼくが聞いているのはその呻き声なのだろうか。

家ではもうご飯の準備をして、母はきっとぼくを探しているだろう。

§

母は広場の端に来ていた。

「帰るよ」と、言った。「夜に凧上げする人なんていないよ」

ぼくらは家路についた。糸巻きの空き缶は中に大きな石を入れて広場に残してきた。凧は上空にそのままにしておいて、また明日の朝に来ることにした。

暗い村の道を母はぼくの腕を抱えて歩いた。

「空の上に何を探していたんだい？」

「何も探しちゃいないよ」と、ぼくは言った。

母は黙った。ずいぶん心配していたせいで、ぼくが夜空に凧を残してきたことには気づいていないようだった。ぼくらは竹の葉っぱに足を取られながら家路についた。ぼくは石に躓いた。

「痛い！」

「だから暗くなる前に帰らなけりゃ」と、母が言った。

ぼくは白い凧を思い浮かべた。その薄い紙が震える音を誰かが聞くだろうか。夜はその音を聞くだろうか。それとも風が聞くのだろうか。月が聞くのだろうか。

「あれはスカブの凧だったのかい？」と、母は突然聞いた。

「うん」と、ぼく。

「どうりで」

ぼくにはその意味がわからなかった。スカブの凧というだけで自明の何かがあるのだろうか。

「変わった人だよ」と、母。「前から本当に変わっていたよ」

スカブは、蛇行して谷に入っていく川の岸に一人で住んでいた。その谷で家の庭に植えたものだけを食べて暮らしていた。川べりではジャワの古曲を歌う声がしばしば聞こえた。その谷は不気味だと人は言っていた。そこに住む勇気があるのはスカブだけだった。

「あの人の凧にはいつだって変なことが起きるのさ」と、母はまた言った。

「凧はすごいんだ」と、ぼくは言った。

母はぼくの頭を撫でた。

「わかっているよ」

ご飯を食べてぼくは寝た。その夜、母はぼくが川で水浴びするのを禁じ、お湯で身体を拭くように言った。タオルをお湯に浸していた時、母はぼくに注意した。

「スカブの言う事をあんまり聞くんじゃないよ、おまえもおかしくなっちまうから」

寝ているときぼくは凧の夢を見た。天使がその凧の糸を握っているようだった。神の伝言を運んできた天使はその凧に息を吹きかけ何かを囁きかけていた。

「どうしてぼくに直接言わないんだ?」と、夢の中でぼくは天使に尋ねた。

その天使はただ笑っているだけで、遠ざかり、やがて消えてしまった。

§

夜中を過ぎて、家の扉がノックされた。母がぼくを起こした。

「さっき、広場におまえの凧をおいてきたのかい？」

「うん」

「どうして？」

「汽車が来るのをレールから聞くみたいに何かを聞きたかったんだ」

家の前には大勢の人がいて、その中にはテロの父親もいた。タルパの兄もいて、すぐにぼくに詰め寄ってきた。

「あの凧を置き去りにしたのはおまえだって、タルパが言ってるぞ」

「うん。どうして？」

「こっちへ来いよ」

ぼくらはそろって広場へ行ったが、そこにはもう大勢の人がいた。テロとタルパが駆け寄ってきた。

「見ろよ」

ぼくはぼう然となった。そのガラス糸は青みがかって燃え、雲を突き切り、夜の闇を貫いていた。

一方凧は大気圏を突き抜け、石で重しをした空き缶をぶら下げていた。たった三巻の糸が一〇億倍ものの長さになるなんてことがあるはずない。ぼくは、まだ石の入った空き缶の糸巻きが青みがかって燃えるガラス糸に持ち上げられているのを見ることができた。そのスカブの凧はバランスを保って飛んでいて、蓋のない缶の底に入れてあった大きな石もそのままだった。青みがかった炎は広場を照らし、すべてが青みがかって燃えて見えた。ぼくは母を見つめた。母は大勢の人の前でいろいろ訊いたりするんじゃないと合図した。

しばらくして夜は元のように暗くなった。人々は帰らず、眠ることもできず、その出来事について話していた。

帰り道に母はぼくに言った。

「この世は水族館のようなもんだ。わたしらは魚だよ。理解できないことがあっても不安に思う必要なんてないのさ。でも、おまえはそのことを考えてもいいんだよ」

今日までぼくは同じことを考えている。どうして知らせは解釈し直されなければならないのか。どうしてそのまま伝えられないのか。

その日以来、スカブはいなくなった。

その当時ぼくは一〇歳だった。今もまだぼくとその夜に目覚めた村の人々はその出来事を覚えていたが、その話を聞いた人はきっと信じないと思ってみんな誰にも話したことはなかった。アリナ、君がこのことが何だったのか考えることができるように話しておくよ。

（二〇〇一年一〇月二一日、日曜日一六：四八　ペンブローク・ストリート、ヴィクトリア市、ブリティッシュ・コロンビア）

21
ちちんぷいぷい

Simsalabim（著作リスト18に収録）柏村彰夫訳

題名「シム・サラ・ビム」は奇術師のかけ声。日本語なら「ワン、ツー、スリー」に相当する。舞台は二〇〇四年のスマトラ島沖大地震の被災地を思わせる。「浴室ノ歌唱ヲ禁ズ」と同様、大衆の暴力を描いている。絶望を脱しようとする儚い（誤った）希望と、その果ての暴力がコミカルなタッチで描かれている。それが舞台背景の荒廃を際立たせているように思われる。

とある被災地にある日一人の奇術師がやって来た。災害は遙か昔のことだったが、被災前の生活が戻ってくることはなかった。どうしたわけか、被災者は、被災者のままだった。被災者としての生活を変えるのはとても難しかった。時は流れたが、依然として彼らは皆テントで生活しており、食料の配給に行列し、全ての生活必需品を援助に頼っていた。

災害は彼らの精神を壊滅させ、不屈の働き者で気力溢れる人間から、虚ろな顔で座り込んでいるだけの人間に変えてしまった。生きる気力を消し去ってしまう災害ほど痛ましい災害はない。精神を再建できた者だけが、本当の意味で助かった者と言えるのであり、精神が崩壊した者は、死よりも酷い運命を辿る本当の犠牲者なのだ。

そのような時に、その奇術師は来た。奇妙な服装で、丘を越えてやって来た。つぎはぎだらけの膝まで達する長い上着は、元は何色だったのかわからない。無論、そこには奇術の種が仕込んであった。色あせた布の帽子は、鮮やかな色の鳥の羽根で飾り立てられている。黄、白、青、赤、緑の羽根が付いている。とても綺麗な羽根だ。どうなんだろう。希少種の鳥の羽を抜いたのだろうか。ポケットが一杯付いた古びたズボンも何色と言っていいのかわからない。靴はボロボロのテニスシューズで、一見して左右が揃っていないのがわかる。靴下は履いておらず、両方の靴のつま先に開いた穴から足の指が見える。

奇術師は横笛で陽気な曲を奏でながら丘を下りてきた。いち早く災害を忘れ去ることのできる子どもたちが、踊りながら奇術師の後を付いていった。子どもたちは笛の拍子と奇術師の動きに合わせて飛び跳ね、丘を下っていく一行は瞬く間に注目の的となった。朝から居眠りしたり、ごろごろしていた大人たちは、直にあちこちのテントから顔を覗かせた。眠そうだった目が少し開いたようだ。

「今度はどいつだ?」

彼らは災害から利益を得ようとする者たちにはうんざりしていた。援助品をばらまいて有名になる者たち、利害関係があり被災者への訪問が報道されることで得をする者たち、被災者の状況から何かをむしり取りはするが、何一つ与えることのできない者たち、映像をむしり取り、物語をむしり取り、発想をむしり取り、何でもかんでもむしり取り、しかし被災者の状況を変えるためにそれらを贈り返したことはない者たち。

彼らは奇術師がいきなりマジックを始めるのを見た。

「はい、坊ちゃん、嬢ちゃん、見てご覧!」

彼はナイフを取り出し、自分の舌を切ってみせた。

「うわーっ!」子どもたちは驚いて叫んだ。

舌は切断されはしなかったが、血が滴っていた。血が止まると、舌は元通りになっていた。

「へへへ!」奇術師は子どもたちが啞然としているの見て笑った。そして彼はマッチ箱を開けながら子どもたちに近付いて行った。

「うわわーっ!」再び子どもたちが驚いて叫び声をあげた。女の子たちは、キャアキャアと笑いながら、逃げまどった。そのマッチ箱の中には血まみれの指が入っていたからだ。

「へへへへ！」奇術師は再び勝ち誇ったように笑った。

「はい、逃げないで。ただのマジックなんだから。この杖をご覧あれ！」

彼はその杖を手の甲に立て、それから手を傾けていったが、なんとその杖は倒れず立ったままだった。子どもたちは呆気にとられた。

「どうなってんだ？」子どもたちが互いに顔を見合わせた。

「超能力だよ！」

その声に応じて、奇術師は言った。

「その通り、この杖は魔法の杖だよ！　ご覧あれ！」

汚い上着の内側から小さなやかんを出した。そして、やかんの蓋を開けた。

「坊ちゃん、嬢ちゃん、ご覧あれ！」

彼は杖をやかんに突き立てた。杖はやかんの底を貫いた。それから、やかんを傾けた。当然水は出てこない。やかんには穴が空いているのだ。

「坊ちゃん、嬢ちゃん、このやかんでお湯は沸かせるかな？」

「できないー！」子どもたちは一斉に答えた。そこで奇術師は、その魔法の杖でやかんを叩いた。

「ちちんぷいぷい！」

彼はやかんを傾けた。なんと。やかんの口から水が出てきた。手を伸ばしてその水に触れてみるよう一人の子どもに頼んだ。

「わっ!」その子はすぐに手を引っ込めた。

「熱い!」

彼を取り巻いていた人々から呟く声がした。この奇術師が超能力者だと信じ始めているのだ。奇術師は続けて技を披露した。上着から蠟燭を取り出し、火を点けた。炎が上がる。

「坊ちゃん、嬢ちゃん、よく見ておいで。見つめるだけで、この火を消してみせましょう!」

彼は蠟燭の火を見つめた。しばらくの間、火は消えなかった。

「いくらマジックでも、見るだけで火を消すなんてできるわけない」ある大人がつぶやいた。

「マジックじゃなくて、本当に超能力者かも」他の一人が小声で返した。

火を見つめる奇術師を一同が見守っていた。やがて本当に火が消えた。いつの間にか取り囲む人の数が増していて、あちこちから賞賛の声が上がった。

「超能力者だったらいいよな。石ころをゴマ団子に変えることだってできるかもな」

「葉っぱを金に変えたりな」

奇術師に、この会話が聞こえたようだ。上着から別の蠟燭とマッチを出した。

「ご覧あれ!　お小遣いの欲しい人はいるかな?」

子どもも大人も一斉に答えた。

「はーい、はーい、はーい!」

奇術師は微笑んだ。

「おやおや、みんなに上げるのは無理だなあ」

そう言って、彼は両手に何もないことを見せた。火を付けておいた蠟燭にかざした左手を近づけ、その手に蠟燭を持った。右手で炎を何度も撫でてから、炎を摑み、そして蠟燭を持つ左手に炎を移すような仕草をした。炎を吹き消し、たまたま傍にあったテーブルにその蠟燭を置いた。左手を開くとそこには硬貨があり、とても可愛いらしい女の子にそれを上げた。

この奇蹟を見て、皆がざわめいた。

「俺たちに一〇〇万ルピアくれよ！」

「一人に一〇〇万ずつくれよ！　あんたなら、できるだろう！」

奇術師は、大きく笑った。

「へへへへ！」

しかし、彼は構わず続けた。金がないことから生まれる金に対する幻想が、金のない人間に対して大きな影響を与えることを彼はあまり気にしなかった。

「皆さんはタバコ銭をお持ちじゃない？　実は、想像が現実になるように念じていれば良いのです。信じられないって？　ご覧あれ」

奇術師は紙でタバコの葉を巻く様をパントマイムで演じ始めた。タバコを巻き終えると、見えないそのタバコを口にくわえた。それから本物のマッチをすって、幻のタバコに火を点けた。なんと。突然彼の口元に火の点いた新品のタバコが現れた。勝ち誇った笑みを浮かべて宙に向けて煙を吐き出した。

「へへへへ！」

大人たちは互いに顔を見合わせた。奇術師は旅から旅の人生を送っていて、新聞を読んだことも、テレビを見たことも、ラジオを聞いたこともなく、今彼がやって来た地域が被災地だということをそれほど気にかけていなかった。今彼が目にしている貧しさが、これまで見てきた様々な貧しさとあまり似ていないことをさほど気にとめていなかった。ある貧しさと他の貧しさは彼には全く同じに見えた。薄汚れていて、悲惨だということだ。しかし不思議に憐憫の情は湧かなかった。

「夢で自分たちを慰めている奴ら」と彼は思った「当然、夢まぼろしで騙されるカモだ」

彼が与える夢まぼろしによって、全てのことは一瞬で変化する。ちちんぷいぷい。全ての不可能だったことが可能になる。

「馬鹿どもが」そう彼は思った。

§

「ただで楽しもうなんて、そうは問屋が卸さない」と考えながら、おひねりを入れるための笊を回そうとしていた時、一人の大人の声が聞こえてきた。

「あなたは何をやってるんだね？」

「いやあ、食い扶持を探すってやつでね、ちょっと勝手にやらしてもらっただけさ」

「あなたが食い扶持を探してるのがどこだかわかっているのかね？」

奇術師は、子どもたちを押しのけて大人たちが前に出てきているのに今気が付いた。

「ああ、昔この辺が災害にやられたと聞いたが」

「昔だって？」

「何だと！」

人々は不愉快そうに首を振り、舌打ちした。

「私たちは災難から立ち上がることができないんですよ。まるで呪われていて、災難が居座り続けているみたいでね」

「あなたは…」

「ほう」奇術師は何と答えて良いのかわからず何度もうなずいた。

「うん」

「あなたは、我々の運命を変えることができますか？」

奇術師は眉をひそめた。

「運命を変える？」

「そう、運命を変える。あなたが有を無に変え、無を有にするすごい超能力を持っているのを見せてもらいました。私たちを助けてもらえませんか。私たちの運命を、被災した犠牲者から、助かった人間へと変えることができるのは、あなたのような奇術師だけなんだ」

奇術師の顔は驚愕の色を隠せなかった。色とりどりの羽根付帽子から覗いている髪の毛も一瞬の内に白くなったようだ。

「何だって？　わたしゃ、ただの奇術師だよ」

「奇術師こそが今の私たちには必要なんです。これまでに五人の大統領、百人の大臣、何千もの役人や有名人がやって来たが、奴らが我々の運命を変えられなかったのは証明済みなんです。私たちを助けてください。あなたがどれほどすごい超能力者かは、この目で見させてもらいました。お願いです、我々にマジックを掛けてください。我々を苦しむ人間から幸せな人間へ変身させてください。助けてください。米をくれとか、金をくれとか、空から家を降らせてくれとか言ってるんじゃないんだ。助けてください。被災者でなくなるように我々をあなたのマジックで変身させてください」

大人たちが迫ってきて、奇術師は思わず後ずさった。

「まあまあ、皆さん落ち着いて。わたしゃ、まったくもって超能力者などではございませんので。ただの奇術師でね。もちろんマジックはやるが、魔法は無理だ。第一、魔法ってものがあったとしても、運命は変えられんでしょう。ご覧あれ！」

奇術師は、つぎはぎだらけの上着を広げた。

「舌を切るネタは二重になったナイフを使うだけでね、舌を切ったように見えるナイフには窪みが作ってあるんだ」

「でもさっき舌から血が出てたじゃないか?」

「ああ、そりゃ顔料の素でね。ほら!」

彼は唾と混ざると血のように見える顔料の粉を披露した。

「マッチ箱の中の指は?」

奇術師は、全ての種明かしをしなければならなかった。マッチ箱には自分の指を入れる穴が開けられており、また顔料の素のおかげで血まみれの切断された指のように見える。手の甲を傾けても杖が落ちないのは、糸で細工をしてあるから。やかんの内部は二重で、中心部分が筒状の空洞になっていて、杖を突き通すことができる。蠟燭の芯は途中で切断してあり、当然火は消える。硬貨は蠟燭の観客から見えない側に開けた穴に仕込んであり、蠟燭を傾ければ手のひらに落ちてくる。何もないところからタバコが出てくるのは、実際はマッチ箱の中に仕込んであり、マッチの火を風から守るふりをしている間に口でくわえ、そして笑顔で一服する。*

奇術師は、彼を取り囲む人々の顔を観察した。奇術の種明かしをしたのは初めてだった。人々が抱いていた驚嘆の念は風に吹き飛ばされ、すっかり消え去っていた。

「皆さん、これで私がただの奇術師だと、本当に奇術師で、運命を変えたりできないことはおわかりでしょう?」

被災者たちは黙り込んでいた。落胆の色を隠せなかった。しかし一瞬の後、彼らはまた迫ってきた。

「奇術師さんよ、私たちの運命にマジックを掛けてくれ。お願いだ、私たちを助けてくれ!」

奇術師は、後ずさりを続け、何かに躓いて大の字に倒れた。人々は彼を助け起こさない。立ったまま、彼を取り囲んでいる。今度は奇術師の方が助けを求めた。

「助けてくれ、わたしゃ、田舎に残した家族の食い扶持を稼ぐために町から町へ流れ歩いている、ただの貧乏奇術師なんだ。もうずいぶん田舎に帰ってないんだ。鉄砲水に田んぼをやられてうちの家族も飯が食えずにいるかもしれないんだ。あんたたちが、どんな災難に遭ったのか知らないが、信じてくれ、災害に遭うってことの意味はわかるよ、なあ、わたしにゃわかるよ——何か間違いをしでかしたんなら謝るよ、わざとじゃないんだ、許してくれ」

一人の男が身を屈め、色とりどりの羽根付帽子をかぶったままの男の襟首を摑んで引き寄せた。

「あんたは何も間違ってないが、どうしても俺たちの運命にマジックを掛けないというなら、あんたは俺たちを見殺しにすることになるんだ」

奇術師の顔には、尋常ではない驚愕の色が浮かんだ。

「運命にマジックを掛けるって？　俺は、ただの奇術師なんだよ。あんたらの望みは、お門違いだろう。よく考えてみなよ」

「ただの奇術師だけが運命を変身させられるんだよ、わかってくれ！　ここへやって来た誰一人俺たちの運命を変えられなかった。誤解しないでくれ、俺たちは各方面に、運命だけじゃなく、全てを変えられる力がありそうな連中に要請してきたんだ。でも現実に俺たちの運命は変わらなかった。努力しなかったわけじゃない。けど、この有様じゃ何かしようとしても無理だったんだ。もう俺たちの希望はあんただけなんだ。頼む、俺たちの運命にマジックを掛けてくれ！」

奇術師は、絶望と同時に憤怒を浮かべた顔、顔、顔を見た。全身の力が抜けていった。

「神よ助け給え」と心の中で唱え、口の中で祈りをつぶやいた。

「この奇術師野郎！　俺たちを見殺しにしやがって！　見殺しにしやがって！」

怒鳴り声が一層激しく聞こえてきた時、彼はまだ目を閉じていた。その闇の中で蹴られ、殴られ、斬りつけられるのを感じていた。

遠目には、その群衆は人間でできた小さな山が動いているように見えた。時折、陽光を反射する刃物の輝きが見えた。子どもたちは、既にその場から遠く離れ、丘の上から全ての成り行きを見つめていた。

夕闇迫るころ、ただ色とりどりの鳥の羽根だけが、その場所に散らばっていた。血しぶきを浴びたそこここの草の葉の上に。

ちちんぷいぷい。


（二〇〇六年七月二一日一六時〇四分　ポンドック・アレン）

【原註】

＊　マジックのテクニックはフーディニ他（Houdini Cs.)、『奇跡のマジック(Seni Sulap Ajaib)』(Bandung-Jakarta, Kompas Pengetahuan, 1982)を参考にした。ウリップ・ザマン（Oerip Zaman）による翻案本。

セノ・グミラ・アジダルマ著作リスト

【短篇小説】

1 室内人（*Manusia Kamar* 一九八八年）
2 謎の狙撃者（*Penembak Misterius* 一九九三年）
3 目撃証人（*Saksi Mata* 一九九四年）
4 浴室ノ歌唱ヲ禁ズ（*Dilarang Menyanyi di Kamar Mandi* 一九九五年）
5 霧の国（*Negeri Kabut* 一九九六年）
6 愛についての一つの問い（*Sebuah Pertanyaan untuk Cinta* 一九九六年）
7 悪魔は死なず（*Iblis Tidak Pernah Mati* 一九九九年）
8 夜の名の下に（*Atas Nama Malam* 一九九九年）
9 謎の狙撃者 2の改版（一九九九年）
10 あるストリッパーの死 1の改題、改版（*Matinya Seorang Penari Telanjang* 二〇〇〇年）
11 スカブの世界（*Dunia Sukab* 二〇〇一年）
12 ドニー・オスモンドの死（*Kematian Donny Osmond* 二〇〇一年）
13 悪魔は死なず 7の改版（二〇〇一年）
14 浴室ノ歌唱ヲ禁ズ 4の改版（二〇〇二年）
15 目撃証人 3に三編を追加（二〇〇二年）
16 恋人に一切れの夕焼けを（*Sepotong Senja untuk Pacarku* 二〇〇二年）
17 ねえ寂しいの、死ぬ前に会いに来て（*Aku Kesepian Sayang, Datanglah Menjelang Kematian* 二〇〇四年）
18 ことば（*Linguae* 二〇〇七年）

19 謎の狙撃者　9の改版（二〇〇七年）

【長篇小説】

20 ジャズ、香水、事件（*Jazz, Parfum dan Insiden*　一九九六年）

21 夕暮れ国（*Negeri Senja*　二〇〇三年）

22 濁世（*Kalatidha*　二〇〇七年）

【シラット、ワヤン小説】

23 逃亡者、ウィサングニ（*Wisangeni, Sang Buronan*　二〇〇〇年）

24 戯言の書（*Kitab Omong Kosong*　二〇〇四年）

25 ナーガブミ　第一巻（*Nagabumi I*　二〇〇九年）

26 ナーガブミ　第二巻（*Nagabumi II*　二〇一一年）

【漫画原作】

27 ジャカルタ二〇三九年、一九九八年五月一三、一四日の四〇年九ヵ月後（*Jakarta 2039, 40 tahun 9 bulan setelah 13-14 Mei 1998*　二〇〇一年）

28 タクシー・ブルース（*Taxi Blues*　二〇〇一年）

29 マレーの諜報員スカブ：チュンティニの財宝の謎（*Sukab Intel Melayu: Misteri Harta Centini*　二〇〇二年）

【映画ノベライズ】

30 弦の無いバイオリン（*Biola Tak Berdawai*　二〇〇四年）同名映画のノベライズ

【戯曲】

31 おまえはなぜうちの子を拉致したのか　（*Mengapa Kau Culik Anak Kami*　二〇〇一年）

【詩集】

32 死、死、死　（*Mati Mati Mati*　一九七五年）

33 死にたる赤子　（*Bayi Mati*　一九七八年）

34 ミラ・サトのノート　（*Catatan-catatan Mira Sato*　一九七八年）

【評論、コラム集】

35 ジャーナリズムが沈黙する時、文学が語らねばならない　（*Ketika Jurnalisme Dibungkam Sastra Harus Bicara*　一九九七年）

36 言葉のスクリーン　（*Layar Kata*　二〇〇〇年）

37 パルメラ便り　（*Surat dari Palmerah*　二〇〇二年）

38 アフェア　（*Affair*　二〇〇四年）

39 眼の物語　（*Kisah Mata*　二〇〇五年）

40 ジャーナリズムが沈黙する時、文学が語らねばならない　第二版　35の改版（二〇〇五年）

41 九人の聖者とシティ・ジュナール　（*Sembilan Wali dan Siti Jenar*　二〇〇七年）

42 コスモポリタンな屁　（*Kentut Kosmopolitan*　二〇〇八年）

43 事件三部作　15、20、40を合冊にしたもの（*Trilogi Insiden*　二〇一〇年）

44 パンジ・テンコラック：議論の中の文化　（*Panji Tengkorak: Kebudayaan dalam Perbincangan*　二〇一一年）

45　笑いと危険の間

（*Antara Tawa dan Bahaya*　二〇一二年）

訳者あとがき

セノ・グミラ・アジダルマ（Seno Gumira Ajidarma）の短篇作品をお届けする。著作リストをご覧いただければ分かるように、様々なジャンルの作品を現在も精力的に発表し続けている現代インドネシアを代表する作家の一人である。

今回、訳出に当たっては、対象作品をできるだけ多くの短篇集から取ることと、テーマやモティーフに多様性を持たせることを主眼とした。

セノ・グミラ・アジダルマ（なお、ジャワ人の名前の多くは姓名の区別をしない。ジャワ人である彼の名前も三語ともが名前であり、アジダルマが姓というわけではない）は、一九五八年六月一九日、父親の留学時にアメリカのボストンで生まれた。一九歳までジャワの古都ジョクジャカルタで育つ。父は物理学者で、後に名門ガジャマダ大学の教授となった。母は内科医である。また父親は、五〇年代に二度にわたり首相を務めたアリ・サストロアミジョヨ（Ali Sastroamijoyo）の甥である。セノは若い頃から芸術活動に没頭し、高校卒業後、見習い記者をやりながら詩や演劇活動を行なっていた。一九歳で進学のためジャカルタへ移り、ジャカルタ芸術大学（Institut Kesenian Jakarta）の映画科に入学する。しかし、ジャーナリストとしての活動が本格化し大学を中退する。なお九四年に改めて学び直し、ジャカルタ芸術大学を卒業している。著作リスト36『言葉のスクリーン』は映画シナリオ論だが、卒業論文に基づいたものである。その後、二〇〇〇年にインドネシア大学で修士号（修士論文に基づいた写真論『眼の物語』著作リスト39）、二〇〇五年にはインドネシア大学で博士号（博士論文に基づいた漫画論『パンジ・テンコラック』著作リスト44）を取得している。

インドネシア最大のメディア・グループであるコンパス・グラメディア（Kompas-Gramedia）グループで編集者をしながら、一九八八年に初の短篇集を出した。この短篇集は文学関係者には評価されたが、大きな反響を得たとまではいかなかった。

セノを一躍有名にしたのは、一九九四年にジョクジャカルタの Bentang Budaya 財団から出版された『目撃証人（*Saksi Mata*）』（著作リスト3）だった。九二年から九四年にかけて新聞・雑誌で発表された一三の作品をまとめて編んだもので、アグン・クルニアワン（Agung Kurniawan）の表紙絵、挿絵も作品世界に相応しく印象的なものとなっている。作品のそれぞれは独立した作品だが、全てが主として東ティモールを舞台にし、暴力と抑圧を半ば寓話的に描いている。ただし、どの作品にも「東ティモール」とは一言も書かれてはおらず、実際の地名も出てこない。しかし、登場人物たちの名前がポルトガル系であり、描かれているのが途方もない暴力とあっては、読み手にとっては東ティモールにおけるインドネシアの抑圧の物語と読解するのが謂わば当時の常識であった。国際的な反響も大きく、翌九五年にはオーストラリアで英訳版が出版されている（なお、『目撃証人』の中でも代表的な作品である「証人」、「ニンギ市のミステリー」、「耳」の三編が押川典昭氏によって訳出され、講談社の月刊誌『群像』一九九七年一一月号に掲載された）。

この作品が書かれたのは、当時彼が編集長を務めていた週刊誌『*Jakarta-Jakarta*』でのサンタクルス事件（東ティモールのディリで発生したインドネシア国軍による虐殺事件）の報道を巡る社内の軋轢がきっかけである。当局の圧力を恐れ自主規制を主張する会社上層部と対立し、解雇はされなかったが編集長を解任される。後に、社内の判断で週刊誌自体も廃刊にされてしまう。そこで、報道で伝えられなかったものを伝え、報道で忘れ去られていくものを留めようと文学作品として発表したというのである（著作リスト35『ジャーナリズムが沈黙する時、文学が語らねばならない』に詳細な経緯が記されている）。

しかし、この短篇集の価値は、その社会性（暴力批判）にあっただけではない。暴力の不条理さ、茶番にまで行き着くような暴力の際限の無さを、見事な構成で描いた文学作品としての完成度の高さにもあったと言えよう。東ティモール独立後の現在も、単なる時事的作品ではなく、文学作品としての重要性を失うことなく読まれている。

また長篇小説『ジャズ、香水、事件』（著作リスト20）も、同様の背景で書かれたもので、ジャズと香水に関する語りに「事件」（サンタクルス事件）の報道文が挿入されるというポリフォニックな構造を持っている。

その後もコンパス紙を中心として新聞雑誌にコンスタントに短篇小説が掲載され、ある程度作品数がまとまると書籍として出版されるというパターンで既に短篇集は十冊を越えている。インドネシアの作家としては多作である。最近は、短篇小説以外に、文化論、文化批評の出版が目立つようになってきた。

セノは、一九九九年二月に国際交流基金「開高健記念アジア作家講演会シリーズ」の第八回目に招請され来日した。森山がコーディネイターとなり「戦略としての文学　ジャーナリズムの限界を超えて」とのタイトルで東京、大阪、広島で講演会を行なった。俳優の冨岡弘、富浜薫両氏による「クララ」の朗読とセノの講演、対談を組み合わせたものだった。その資料作成に柏村が鈴木美智氏とともに参加させてもらったことが、本書の淵源である。

なお、本書の出版には、トヨタ財団「隣人をよく知ろう」プログラムから助成をいただいた。感謝申し上げる。

柏村彰夫（かしむら　あきお）
1956年生まれ。大阪外国語大学文学修士。京都外国語専門学校講師。
【著作】「ポピュラー小説規則集」（松野明久編『インドネシアのポピュラー・カルチャー』めこん、1995年）、「ラディトヤ・ディカ『半鮭人』」（TEN-BOOKS編『いま、世界で読まれている105冊　2013』テン・ブックス、2013年）。
【訳書】イワン・シマトゥパン『渇き』（めこん、2000年）、S・マラ・Gd『殺意の架け橋』（講談社、2010年）。

森山幹弘（もりやま　みきひろ）
1960年生まれ、ライデン大学文学博士。南山大学外国語学部教授。
【著作】Sundanese Print Culture and Modernity in 19th Century West Java（NUS Press, 2005）、共編著『多言語社会インドネシア――変わりゆく国語、地方語、外国語の諸相』（めこん、2009年）、「インドネシアにおける多言語状況と『言語政策』」（砂野幸稔編『多言語主義再考：多言語状況の比較研究』三元社、2012年）、共編著 Words in Motion: Language and Discourse in Post-New Order Indonesia（NUS Press, 2012）、「アイデンティティの拠り所」（鏡味治也編『民族大国インドネシア』木犀社、2012年）、『森山式インドネシア語単語頻度順3535』（めこん、2009年）。

アジアの現代文学⑱［インドネシア］
セノ・グミラ・アジダルマ短篇集

初版第1刷発行　2014年8月5日
定価2500円＋税

著者　セノ・グミラ・アジダルマ
訳者　柏村彰夫・森山幹弘
装丁　水戸部功
発行者　桑原晨

発行 株式会社 めこん

〒113-0033 東京都文京区本郷 3-7-1
電話 03-3815-1688　FAX 03-3815-1810
URL　http://www.mekong-publishing.com

組版　面川ユカ
印刷・製本　モリモト印刷株式会社

ISBN978-4-8396-0281-9 C0397 ¥2500E　0397-1405281-8347

⊙シリーズ・アジアの現代文学

❶さよなら・再見《ツァイチェン》［台湾］黄春明＊田中宏・福田桂二訳（品切）

❷わたしの戦線［インド］カーシナート・シン＊荒木重雄訳（品切）

❸果てしなき道［インドネシア］モフタル・ルビス＊押川典昭訳⊙定価一五〇〇円＋税

❹マニラ――光る爪［フィリピン］エドガルド・M・レイエス＊寺見元恵訳⊙一二〇〇円＋税

❺地下の大佐［タイ］ローイ・リッティロン＊星野龍夫訳（品切）

❻残夜行［シンガポール］苗秀＊福永平和・陳俊勲訳⊙定価一八〇〇円＋税

❼メコンに死す［タイ］ピリヤ・パナースワン＊桜田育夫訳⊙定価二〇〇〇円＋税

❽スンダ・過ぎし日の夢［インドネシア］アイプ・ロシディ＊粕谷俊樹訳（品切）

❾二つのヘソを持った女［フィリピン］ニック・ホワキン＊山本まつよ訳（品切）

❿タイ人たち［タイ］ラーオ・カムホーム＊星野龍夫訳（品切）

⓫蛇［タイ］ウィモン・サイニムヌアン＊桜田育夫訳⊙定価二〇〇〇円＋税

⓬七〇年代［フィリピン］ルアールハティ・バウティスタ＊桝谷哲訳⊙定価一九〇〇円＋税

⓭香料諸島綺談［インドネシア］Y・B・マングンウィジャヤ＊舟知恵訳⊙定価二〇〇〇円＋税

⓮ナガ族の闘いの物語［インドネシア］レンドラ＊村井吉敬・三宅良美訳⊙定価一九〇〇円＋税

⓯電報［インドネシア］プトゥ・ウィジャヤ＊森山幹弘訳⊙定価一九〇〇円＋税

⓰はるか遠い日［ベトナム］レ・リュー＊加藤則夫訳⊙定価二八〇〇円＋税

⓱渇き［インドネシア］イワン・シマトゥパン＊柏村彰夫訳⊙定価二〇〇〇円＋税